がらんどうイミテーションラヴァーズ

零真似

イラスト／むっしゅ

「わたしはわたしのままがいい」
鳩《はと》羽《ば》彩《あや》音《ね》

「だけど今のままじゃ幸せにはなれない」
鷲《わし》谷《や》相《そう》馬《ま》

「一緒に気持ちいい汗を流さないかい？
アミーゴ！」
藤《ふじ》峰《みね》幸《こう》太《た》郎《ろう》

「キレイに描いてね、相馬くん」
百《もも》瀬《せ》由《ゆ》衣《い》

「――――こんばんは、相馬くん」
地面より高い場所から
やわらかな笑みが零れ落ちている。
月光が彼女の顔を精彩に照らし、
夜の闇がその白い肌を美しく際立たせる。
まるで、世界が彼女の背景になっているみたいだった。
そこにいた少女は、たしかに彩音のはずなのに。
オレが知っている彼女のイメージとは
とても重ならない――浮世離れした清廉さと
上品さをまとって見える。
時間を止められたように、オレは彼女に見入っていた。
それくらい、今の彼女は完璧で。
いかにも絵に描かれたヒロインのようで。

まるで、彩音じゃないみたいだった。

contents

がらんどう
イミテーション
ラヴァーズ

がらんどうイミテーションラヴァーズ

零真似

イラスト／むっしゅ

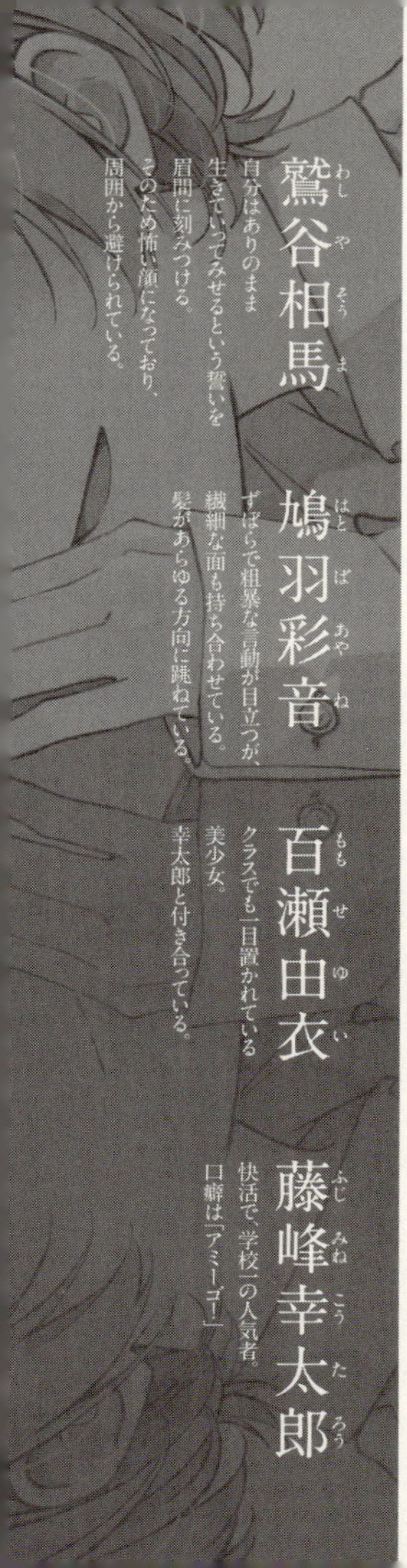

鷲《わし》谷《や》相《そう》馬《ま》
自分はありのまま
生きていってみせるという誓いを
眉間に刻みつける。
そのため怖い顔になっており、
周囲から避けられている。

鳩《はと》羽《ば》彩《あや》音《ね》
ずぼらで粗暴な言動が目立つが、
繊細な面も持ち合わせている。
髪があらゆる方向に跳ねている。

百《もも》瀬《せ》由《ゆ》衣《い》
クラスでも一目置かれている
美少女。
幸太郎と付き合っている。

藤《ふじ》峰《みね》幸《こう》太《た》郎《ろう》
快活で、学校一の人気者。
口癖は「アミーゴ！」

僕らはそれを恋と呼びたい

がらんどう
イミテーション
ラヴァーズ

人間は、何枚もの仮面を被《かぶ》って生きている。

この世界に産み落とされた瞬間にオレたちがオギャーと泣くのは、生まれてきたことがうれしいからじゃない。

自分たちもそうしてたくさんの仮面を被《かぶ》り、本当の顔を隠して生きていかなければいけないことが悲しいからだ。

親も、医者も、助産師も、みんな。薄っぺらの笑みを貼りつけて命尊しと笑いかけてくる。けれどその裏には数えきれないほどの〝それだけじゃない〟感情や算段があって。「真相」を見せないようにと、被《かぶ》った仮面で本当の表情を隠している。

そしてそういう「裏腹」に気づいたとき、オレたちは泣くのをやめて笑うんだ。

「まあそういうもんだよね」なんて大人びた笑みの仮面をひとつ被《かぶ》って。そんなふうにたくさんの仮面を被《かぶ》り続けて。次第に本当の顔を忘れていく。本当の気持ちをなくしていく。

そうしないと、うまく生きていくことができないから。

でも、オレはそんなの嫌だった。

オレは生まれたオレのまま、ありのままで生きていたかった。

だから声が枯れるまでオギャり続けてスヤった後、オレは「他のやつらみたいに自分を偽るようなことはしないぞ」という強固な誓いを眉間に刻みつけた。

――それから、十五年。

今でもオレはありのままの「鷲谷相馬《わしやそうま》」でいるために、世界を睨《にら》みつけて生きている。

「………ペラペラだぜ」

「なにが？」

学校。三階。美術室。疎《まば》らに降る雨が窓ガラスを濡《ぬ》らす午後。

クラスの連中が慣れた顔できゃっきゃうふふとペアになっていくのを静観していたオレのまえに、ひとりの女の子が立っていた。

黒髪。ロング。上目づかい。夏の陽光も冬の雪白も似合いそうな美少女。

――百瀬由衣《ももせゆい》。

「ペラペラって？」

「……化粧がぶ厚くて、逆に薄いぜって意味」

「ふーん」

入学して二か月とすこし。百瀬《ももせ》と話したのはこれが初めてのことだった。

百瀬《ももせ》はクラスの委員長で。愛想《あいそ》がよく。いつも朗らかに笑っている。

笑うと微《かす》かに垂れる目尻が魅力的で。常に余裕を含んでいるような口元が魅惑的で。鈴を鳴らしたような声が印象的で。女子と男子の両方から慕われている。

つまり、オレのようにペア割りで毎回孤高をキメるしかないようなキャラじゃない。

そんな分析をしているうちにも、ほら、こっちに向かって手を振ってくる女子がひとり。

オレが顔を向けるとびくりと身を竦《すく》めて視線を逸《そ》らされたから、やはり手は百瀬《ももせ》に振られていたようだった。

「呼んでる」

「うん」

百瀬《ももせ》は女子に向かって軽く手を振り返す。

けれどそれは「今からいくね」の振り方ではなく「バイバイ」の振り方だった。

「相馬《そうま》くん」

「はい」

「ペア、組もっか？」

「…………はい？」

オレの返答をきくより先に、百瀬《ももせ》は近くのイスを引っ張ってきてそこに座ると、スクリと背筋を伸ばして言った。

「キレイに描いてね」

流線形に折り曲げられた細い足がスカートの裾をたくし上げる。露《あらわ》になった白い内ももは官能的なハリツヤをしていた。

「どうしたの？　相馬《そうま》くん」

「な、なにが？」

「鼻の下、伸びてるよ？」

オレは自分を偽るための仮面を被《かぶ》らない。

仮面を被《かぶ》らないオレは表情を繕うことができない。

そんなオレの顔は、だから今、下心と直結してしまっていた。

「くっ！」

オレは百瀬《ももせ》の視線と身体《からだ》から顔を背ける。

そして、萎《しぼ》んでいた初心《うぶ》を膨らませていく。

「…………」

他の連中は既に全員ペアを組み終えて、互いに笑顔の仮面を被《かぶ》り合っていた。

描くほうも、描かれるほうも、みんなたのしそうにしている。

笑って、表情を繕っている。

「キレイに描いてね」なんていいながら、キレイな顔の仮面を被《かぶ》って本当の自分を隠している。

だけどオレは知っている。彼らの醜い裏腹を。

――絵描きになるわけでもないのに他人を描いてなんのためになるんだろう。こんな授業くだらない。課題が発表されてから今日に至るまでに何度もそんな会話を耳にした。

課題の内容に対する愚痴だけじゃない。

今ペアを組んでいる相手のことを陰で貶《けな》していたやつだって何人もいる。

くだらないと思うなら素直にそういう態度をとればいいのに。相手のことが嫌いなら堂々とそう言ってやればいいのに。他人の評価や体裁を気にして自分の真相を隠しやがって。

「……………ペラペラだぜ」

膨れ上がった初心《うぶ》で沸き立つ下心を中和して、オレは百瀬《ももせ》のほうへと向き直る。

そして、コトリと首を傾《かし》げてしまった。

「……………なんで、笑ってないんだ？」

百瀬《ももせ》はちっとも笑っていなかった。

それはべつにつまらなそうにしているというわけではなくて。まるっきりの無表情というわけでもなくて。ただ、ありのまま、心のままそこにいるという感じだった。

他の人間が当然のように被《かぶ》っている仮面を、彼女は被《かぶ》っていなかった。

「笑ったほうがいいかな？」

「いや……」

「そっか。じゃあ、笑わない」

「笑わないでいられるのか？」

「可笑《おか》しいことがないんだもん」

そういってから、すこしして。

彼女は口元に手を当てて小さく丸めると、くすくすと笑い声を漏らすのだった。

「笑った」

「だって、相馬《そうま》くんがおかしなことをきいてくるから」

「おかしなことって？」

「笑わないでいられるのか、なんて。笑いキノコを食べてるわけでもないのに」

「笑いキノコ？」

「うん。それがおかしいから、可笑《おか》しくて、笑っちゃった」

「…………」

彼女の笑みは、なにかがちがっていた。

他のやつらはみんな可笑《おか》しくもないのに笑っている。

自分を偽る分厚い仮面を被《かぶ》っている。

でも。

彼女は彼女のままで笑っている。

なにも偽ることなく心のままに存在している。

零《こぼ》れる笑みは隙だらけだ。

風通しが良くて、ちっとも警戒心を感じさせない。

彼女が見せるそんなふいの隙にオレの心は奪われて。ピタリ、ピタリと、その隙間に納まっていく。まるで最初からそこに納まるためにあったみたいに。

笑うと微《かす》かに垂れる目尻が。丸められた手の奥でぷっくりと膨らんだ唇が。鈴を鳴らしたような声が。だんだん愛おしく思えてきてしまう。

オレのために用意された、オレのためだけの表情に思えてきてしまう。

——キレイだと、思ってしまう。

「…………百瀬《ももせ》は……」

「由衣《ゆい》でいいよ」

「由衣《ゆい》は……ノーメイク？」

「ノーメイクだよ」

「……オレも……ノーメイク……」

「うん。そうだね」

「ノーマスク」

「わたしも、ノーマスク」

由衣《ゆい》がおどけるように口《くち》の端《は》をニュッと引っ張ってみせる。

そのなにげない仕草にオレの胸は高鳴り、結んでいた口元が自然と綻ぶ。

十五年もの間ずっと頑《かたく》なに守り続けてきたオレの生き方が、百瀬《ももせ》由衣《ゆい》という人間に解きほぐされ、やさしく包み込まれていくようだった。

「だから相馬《そうま》くんも、ムリして笑わなくていいからね」

「えっ？」

「可笑《おか》しくもないのに笑ったり、ホントはいやなことを我慢したりせずに、心のまま──ありのままの相馬《そうま》くんでいてもいいんだよ」

「…………わおっ……！」

その日オレは生まれてはじめて「ありのまま」でいることを認められた気がした。

──ああ、これが運命の出会いか。

そう思って、悟って、理解して。

オレは由衣《ゆい》に対して抱く感情の機微を「恋」と呼んだ。

僕らは運命を捻じ曲げる。

「――――ごめんなさい」

夏休み前日。放課後。屋上。二人きり。

出会うべき運命のたったひとりに頭を下げられて、オレの初恋は木端《こっぱ》微塵《みじん》になっていた。

「相馬《そうま》くんとは、付き合えない、かな」

顔を上げた由衣《ゆい》が申し訳なさそうに手を合わせる。

「わたし、今、付き合ってる人がいるから」

無情の宣告に額を撃ち抜かれる。

「知ってるよね？　幸太《こうた》郎《ろう》くん」

「…………だれだっけ？」

「またまたー」

由衣《ゆい》が眼下に広がるグラウンドを指差す。

白線で引かれたトラックの中を、ユニフォーム姿の幸太《こうた》郎《ろう》が颯爽《さっそう》と駆けていた。

五百メートル走。同じ陸上部の面々を引き離して余裕の一位。

幸太《こうた》郎《ろう》がラインを駆け抜けてさっと汗を拭うとどこからか黄色い歓声が上がっていた。

「──アミーゴ！」

拳を掲げて歓声に応える幸太郎《こうたろう》。一層湧き立つ外野の女子。そんな状態をからかいながら一緒になって盛り上がる男子。

グラウンドにはいつのまにか「幸太郎《こうたろう》の輪」ができていた。

「………………」

幸太郎《こうたろう》くん。藤峰幸太郎《ふじみねこうたろう》くん。そりゃあ知っている。

文武両道。眉目《びもく》秀麗。温柔敦厚《おんじゅうとんこう》。

だれにでもやさしくて、だれにでも親切にする、この学校でいちばんの人気者。

オレとは真逆の人間。

人を避け、人に避けられてばかりいるオレとちがい、あいつがいるところにはいつも自然と人が集まってきて輪ができている。

特徴的な赤いソフトモヒカンスタイルが「幸太郎《こうたろう》ヘア」として流行《はや》り、一時期校内で真似《まね》る者が相次いだほど、その影響力は強い。

あいつは常に人の輪の中心にいて、オレは常にその輪を外側から傍観している。

きらびやかな青春コメディの主人公と、モニター越しの視聴者A。

「……いつから？」

「二か月前、くらいから？」

首を傾《かし》げられても困る。

二か月前といえば入学してまもない——オレが由衣《ゆい》と運命的な出会いを果たす以前のことだ。

「……なんで？」

「なんで？」

オレは自分の顔を指差す。

由衣《ゆい》は困ったように頰を搔《か》くと、スカートのポケットから取り出した手鏡を開いてオレにみせた。

「………あら、まあ」

ずいぶんとひさしぶりに向き合わされた鷲谷《わしや》相馬《そうま》は、まず目つきからして終わっていた。

まるで自分以外のすべてを否定するみたいに吊《つ》り上《あ》げられた攻撃的な目は、とてもだれかを愛している人間の目ではない。

十五年刻み続けた眉間のシワはもはや小さな闇をたたえている。

伸び散らかった髪はボサボサ。唇カサカサ。顎ヒゲ少々。

全部、ありのままでいた結果だった。

「相馬《そうま》くん……目つき怖いし」

「はうあっ！」

「教室でもずっとひとりで過ごしてて、なにに考えてるのかさっぱりわからないし」

「はうあ……」

「あんまり、いい噂《うわさ》もきかないし」

「はう……」

「だれにも慕われてないみたいだし」

「……」

「幸太郎《こうたろう》に勝ってるところがなにひとつ見当たらないから」

「……………」

「ごめんなさい」

そういって、由衣《ゆい》は逃げるように屋上を去っていく。

その背中に、オレは最後の望みをかけて尋ねた。

「…………じゃあ！　なんであの日、オレとペアになってくれたんだよ？」

六月の雨が窓を濡《ぬ》らす午後。二人一組になって相手を描き合う美術の時間。

いつものように孤高をキメるしかなかったオレの前に現れて、彼女はペアを組んでくれた。

そのときオレは思ったんだ。ああ、これが運命の出会いなんだって。

「…………相馬《そうま》くん、いつもひとりだから。かわいそうに思って」

「ありのままのオレでいいって……」

「うん。それはいいんだけど……そのありのままを相手が受け入れられるかどうかは、別問題」

「…………ああ。なんだ、そういうことか」

つまり由衣《ゆい》は、オレのことが好きだからオレとペアを組んでくれたわけではもちろんなくて。

『ありのままでいてもいい』というセリフは「ありのままでいてもこうしてときどきペアになってあげるよ」という意味で。そこにあるのは愛情ではなく憐憫《れんびん》で。あ、り、の、ま、ま、で、い、い、こととありのままがいいことの間には果てしない距離があって。お花畑と化していた頭でオレが勝手に感じた「運命」を、彼女はまったく感じてなどいなかったのだった。

「そういうことだから。ごめんね、相馬《そうま》くん」

最後にもう一度謝って、由衣《ゆい》は屋上をあとにした。

オレはがっくりとその場で崩れ落ちた。

「…………なんてこった」

この恋こそ、一生に一度の、成就《じょうじゅ》させるべき運命だと思ったのに。

十五年も生きてきて、やっと、ありのままの自分を受け入れてくれる相手と出会えたと思ったのに。

オレにとっての由衣《ゆい》ほど、由衣《ゆい》にとってのオレは価値を持たなかった。

事実はとてもシンプルで、だからこそ残酷だった。

「…………根本からしてダメなら……覆《くつがえ》しようがない……」

オレは自分のスペックを呪いながらふらふらと屋上を下りていく。

──思えば。あの日由衣《ゆい》とペアを組んでからの日々は充実していた。

彼女との恋を実らせるため、百瀬由衣《ももせゆい》についてたくさんのことをリサーチした。

出身校。家族構成。将来の夢。視力。聴力。靴のサイズ。通学路。好きな音楽。好きな本。愛用しているパジャマのブランド。眠るときの姿勢。寝返りの回数まで。

そこまで調べておきながら、彼女が幸太郎《こうたろう》と付き合っているという事実だけぽっかり抜かしてしまっていたのは、もしかしたら無意識のうちに現実逃避をしていたからなのかもしれない。

藤峰幸太郎《ふじみねこうたろう》という人間に鷲谷相馬《わしやそうま》は絶対に勝てないと、考えるまでもなくわかっていたから。

「……美男美女……優生思想……弱肉強食……」

ああ、そうだ。

由衣《ゆい》が幸太郎《こうたろう》と付き合うのはとても自然で。互いが互いによく似合っている。

すくなくとも、由衣《ゆい》の隣がふさわしいのは「ありのまま」でいることに固執して自己変革を拒み続けたオレじゃない。

「……」

わかってるんだ、本当は。

「ありのままの自分」なんてものにこだわり続けていたら、このままずっとだれにも受け入れてもらえないことくらい。

だけど今更愛想笑《あいそわら》いの仮面をひとつ被《かぶ》ってみたところでなにかが大きく変わるとは思えない。

それにやっぱりそうやっていくつもの顔を取《と》り揃《そろ》えて、表情を重ね着して、自分の真相を見えなくしていくのは気持ちが悪い。

そんな生き方ができるとも思えない。

……………だから、もしも。

もしも自分の真相の上にべつの仮面を被《かぶ》るとしたら——嫌悪《けんお》感を堪えて被《かぶ》れる仮面は、おそらく精々一枚……。


「——だらあ!!」

そんなことを考えながら校内をさまよっていると、どこかで粗暴な叫び声がした。

女の子の声だった。

バリン、とか、ガシャン、とか。なにかが割れる音も一緒にきこえてくる。

「…………なんだ？」

それは廊下の先にある美術室からきこえてきていた。

オレは恐る恐る扉に手をかけ、そっとそれを開けていく。

「——うわっ!?」

同時に飛来したダビデの胸像が扉にぶち当たり、目の前で砕け散った。

「あーんのッ！　ピエロ女があおらあっ!!」

美術室の真ん中で、向日葵《ひまわり》色の髪をした女がぐるんぐるん回っていた。

両手に持った金属バットで手当たり次第に展示物を破壊しながら。

「『ありがとう』と『いただきます』のちがいもわかってないくせしやがってッ！」

ブン、と振り上げられた金属バットが弧を描き、またひとつ飾られていたアートを粉砕する。

石像。彫刻。写真。絵画。美術室のあらゆる展示物が叩《たた》き壊《こわ》され、無残な姿に変わっていた。

もはやこの部屋にまともな形を保っている作品はひとつもない。

それでもまだ足りないと、彼女は十六方向に跳ねた髪をわしゃわしゃしながら曲がった背筋で歩を進め、目についた棚やイスにバットを振り下ろしていた。

「欺瞞《ぎまん》だあぁああっ!!」

ガシャン。バリン。ズタン。グシャン。ボゴン。

きくに堪えない物騒な音が鳴り続ける。

「…………おい、おまえ」

たまらず声をかけると、彼女はピタリと動きを止めた。

それから、数秒の沈黙を経て。

「どっこらせ」とバットを担《かつ》いだその女は、ふてぶてしいため息を吐いてからゆっくりとこちらに振り向くのだった。

「……………なに？」

まず、不健康そうなでっかいクマが目についた。幼稚園児がクレヨンでデタラメに塗りつぶしたみたいな濃いクマだった。

日の光とは縁遠い生活をしているのか、肌はやたらと白い。それが余計にクマの黒さを際立《きわだ》たせている。

小さな身体《からだ》にまとった制服のシャツはだるんだるんに伸びていて。長らくアイロンの世話になっていないらしいフレアスカートはシワだらけでプリーツスカートみたいになっていた。

マスコットめいた体躯《たいく》から振りまかれる威圧感。着崩された制服と、ド派手な向日葵《ひまわり》色の髪。

オレは彼女のことを知っていた。

「……………鳩羽《はとば》……彩音《あやね》……」

「だから、なに？」

眉間に七重のシワを刻みながら鳩羽《はとば》は顔をしかめる。

吊《つ》り上《あ》げられた目は攻撃的で。ただ視線を合わせているだけで睨《にら》まれているような気持ちになる。

……………怖い。

彼女がどうしてここにいるのか。

なぜ飾られている作品をことごとく粉砕しているのか。

わからないことばかりだけど、それを一々きいてたしかめる勇気はなかった。

だからオレは端的に、伝えるべきことだけを伝える。

「………頼むから、ここで暴れるのはやめてくれ」

「美術部なのか？」

「ちがうけど」

「偽善者なのか？」

「ちがうけど」

「……センセーに言うのか？」

「言わないけど、ここはオレにとって……思い出の場所だから」

「思い出？」

「………由衣《ゆい》、との思い出」

フラれても、オレが由衣《ゆい》を好きな気持ちは変わらない。

だからはじめて由衣《ゆい》と話せたこの場所が、理解不能女によってぶち壊されるのを見過ごすわけにはいかなかった。といっても、既に手遅れの惨状ではあるけれど。

「由衣《ゆい》、とは？」

「百瀬《ももせ》由衣《ゆい》。知らない？」

「だおらあっ!!」

「うわっ!?」

鳩羽《はとば》のバットが美術室の窓を叩《たた》き割《わ》る。

「知らない、わけがない！　あいつが全部悪いんだ！」

「悪いって？」

「みんなあいつに騙《だま》されてるんだ！　薄皮一枚剝がしたら、あいつは真っ黒だ！」

「ちょっと、落ち着けよ」

オレは一呼吸ぶんの間を置いて言った。

「由衣《ゆい》はだれかを騙《だま》したりするような人間じゃない」

「どうしておまえにそんなことがわかるんだ？」

「調べた」

「調べた？」

「彼女の行動や思考パターンについて、一か月にわたってリサーチした。どんなときに笑い、どんなときに悲しみ、どんなときによろこびを感じるのか。その結果、由衣《ゆい》は純粋そのものだった。一度もだれかを騙《だま》すことなんてなかったし、これからだって騙《だま》すとは思えない。百瀬《ももせ》由《ゆ》衣《い》は仮面の一枚だって被《かぶ》ってない──ノーメイクでノーマスクの女の子なんだ」

「どうやって調べた？」

「ネットで過去を漁《あさ》ったり。それとなく彼女の友達にきいてみたり。ときどき尾行してみたり」

「うわあ、キモ」

オレはその場で崩れ落ちた。

今日はこれ以上自分を否定する言葉に耐えられそうになかった。

「………オレはダメなやつかもしれない。だけど由衣《ゆい》はいいやつなんだ。オレがありのままでいることを認めてくれるくらいに」

「おまえ、あの女のことが好きなのか？」

「………ああ。そうだよ。悪いかよ？」

「――――ガハッ！」

「がは？」

「ガハッ！　ガハハハッ！」

急に咳《せ》き込み出したのかと心配して顔を上げると、鳩羽《はとば》は笑っていた。

小さな身体《からだ》をくるんくるんと捩《もじ》りながら、腹を抱えてガハガハ笑っていた。

「ドンマイドンマイ！　いつか実る恋もあるって！」

バシンバシンと背中を叩《たた》かれる。痛い。

「………なんでオレの恋が実らないってわかるんだよ？」

「だってあいつは幸太郎《こうたろう》と……………」

背中を叩《たた》く彼女の手が急速に力を失っていく。

「……………幸太郎《こうたろう》と……………」

落ちきった声音の先にあったバットが振り上げられて、オレは慌ててその場から飛びのく。

同時に振り下ろされたソレがオレの足元に転がっていたダビデの頭を叩《たた》き割《わ》る。

「……………付き合ってる、なんて、こんな不合理なことがあるかぁぁああ!?」

「あ、危ないだろ!?」

これ以上こいつと関わっていたら身も心も持たない。

そう思って逃げ出そうとしたオレは、彼女の言葉に妙な引っかかりを覚えて足を止めた。

「……………知らなかったのか？　おまえも。二人が付き合ってること」

床にバットを突き立てたまま鳩羽《はとば》はガクンと頷《うなず》く。

「じゃあ……どうして知ったんだ？」

「────れた」

「なに？」

「────フラれたッ!!」

「フラれたって、幸太郎《こうたろう》に？」

「わたしが他の男に靡《なび》くわけないだろ」

「それは知らないけど……いつ？」

「さっき」

「さっき」

なんて偶然だ、とオレは額を抱える。

オレが由衣《ゆい》に告白して玉砕していた裏で、鳩羽《はとば》もまた無残に敗れ去っていたなんて。しかも鳩羽《はとば》がフラれた相手はオレがフラれた由衣《ゆい》と付き合っている幸太郎《こうたろう》だったなんて。

「『由衣《ゆい》と付き合ってるから申し訳ないけどダメだよ』って」

「だからこんなところで暴れてたのか」

「直接あの女の頭をカチ割りにいかないのはわたしがやさしいからだ」

「殴るなら幸太郎《こうたろう》じゃないのか？」

「なんで幸太郎《こうたろう》を殴らないといけないんだ？」

「なんでって……」

「幸太郎《こうたろう》はあの女に騙《だま》されてるだけだ。悪いのは全部あの女なんだ！」

「だから由衣《ゆい》はだれかを騙《だま》したりするようなやつじゃないって」

「幸太郎《こうたろう》はわたしと付き合うべきなんだ！　そういう『運命』なんだ！」

頑として譲らず、自分勝手な運命論を振り回す彼女に、オレはついさっきまでの自分を見た。

自分の気持ちや感情ばかりを優先して、ちっとも周りが見えていない。

わがままな子どもみたいに未熟で。自分の「運命」が他人とつながっているはずだと信じて疑えないほど愚かで。「恋」という名の未知に翻弄されるまま突き動かされて、失敗している。

「……どうして幸太郎《こうたろう》なんだ？」

「消しゴム拾ってくれた」

「は？」

今時、子ども向けのキラキラマンガでも描かれないようなきっかけだった。

オレが由衣《ゆい》を好きになったきっかけと同じくらいチープだ。

「ペアを組んでくれた」のも「消しゴムを拾ってくれた」のも、好きになった理由としては浅すぎる。

けれど、好きになったきっかけとしてなら、すくなくともオレは納得できる。

「消しゴムを拾ってもらって、お礼を言えないわたしを許してくれた」

「……」

「言葉は口にするほど力をなくしていくから。本当に感謝を伝えたいときにだけお礼を言いたいわたしの想《おも》いを汲《く》んでくれた」

「ああ」

「ありのままでいることを、許された気がした」

オレの中で、なにかがつながった気がした。

「わたしがわたしらしくいることを、認めてもらえた、気が、したのに……！」

ポタポタと。砕けて剝がれたダビデの顔に鳩羽《はとば》の涙がこぼれ落ちていく。

さっきまで憤《いきどお》りを爆発させて暴れ回っていた鳩羽《はとば》が、今は泣いていた。

情緒が不安定すぎてヤバイやつだと思った。

ヤバくて、怖くて、関わり合いにならないほうがいいやつに思えた。

「…………」

そう、由衣《ゆい》もオレに対して思ったにちがいない。

だって、こうして泣いている鳩羽《はとば》は、オレに似ている。

見た目、言動、考え方——すべてにおいて、ヤバイ。

そのレッドゾーンから抜け出そうともせず、いつか運命のだれかが「ありのままの自分」を受け入れてくれると信じてここまできてしまった。

オレも、鳩羽《はとば》も、とんだお花畑人間だ。〝自分たちが自分たちのまま受け入れられることはない〟という現実に行き当たるまでに十五年もかかってしまった、人生の不適合者だ。

きてしまって、打ちのめされた。

「よし、やっぱ殴ろう」

ピタリと泣きやんだ鳩羽《はとば》が「どっこらせ」とバットを担《かつ》ぐ。

「殴るって、由衣《ゆい》をか？」

「もち」

「やめろって」

「だってそれしか方法がない」

「方法って、なんのだよ？」

「わたしと幸太郎《こうたろう》が付き合う方法」

鳩羽《はとば》の言葉に、オレはポカンと口を開けて固まる。

「…………おまえ、フラれたんだろ？」

「一度は」

「もしかして、まだあきらめてないのか？」

「あたりまえだ」

「なんで？」

「十五年も生きてきて、ありのままのわたしを肯定してくれたのは幸太郎《こうたろう》しかいなかったから」

なんてわがままなことを言うやつだとオレは呆《あき》れた。

呆《あき》れて、ほんのすこし、憧れた。

「暴れて、泣いて、スッキリした。考えてみたら簡単なことだ。幸太郎《こうたろう》がわたしに運命を感じていないなら、運命を感じるようになるまで他の運命を叩《たた》き潰していけばいい」

「思考がシリアルキラーすぎる」

「だから手始めにあの女を……」

「そしたらおまえは幸太郎《こうたろう》にとって、大事な恋人の頭をカチ割った女になるぞ」

「………運命の騎士《ヒーロー》？」

「命を賭《と》してもたおすべき悪役《ヒール》」

鳩羽《はとば》はあんぐりと口を開けて固まった。

「……なら、どうすればいいんだ？　たぶんもう、幸太郎《こうたろう》以上にわたしがわたしらしくいることを許してくれるやつなんて現れない」

「………」

まったく同じことをオレも感じていた。

この先、おそらく由衣《ゆい》のように「ありのまま」でいることを認めてくれるやつなんて現れない。由衣《ゆい》より好きになれる人間になんて出会えない。

だって、初めての恋なんだ。

十五年も生きてきてようやく巡り合えた、たったひとりなんだ。

「運命」だと思ったんだ。

それを一度拒絶されたくらいであきらめていいのか？

あきらめて。自分の気持ちにフタをして。そうしたらオレは、結局他のやつらと同じになっ

のか？　自分の真相がどこにあるのかも、わからなくなってしまうんじゃないのか？
ず知らずのうちに本当の気持ちを覆い隠す仮面をたくさん被《かぶ》ってしまうことになるんじゃない
この先もいろんなことをあきらめ続けて。大丈夫なフリばかりがうまくなっていって。知ら
てしまうんじゃないのか？

──そんなのは、いやだ。


心の底からそう思ったとき、視線の先には割られたダビデの顔面が転がっていた。

石像から剝がれ落ちたダビデの顔は、まるで石の仮面みたいになっている。

「…………方法なら、ある」

自然と口が動いていた。

「オレたちが運命の相手じゃないなら、オレたちが運命の相手になればいいんだ」

「それがダメだって話はさっきした」

「ちがう。他人をどうこうするんじゃなくて、オレたち自身が変わればいいんだよ」

オレはダビデの仮面を拾い上げて被《かぶ》る。

視界が石膏《せっこう》で塞がれてなにも見えなくなった。

他人がどんな顔をしているかも、他人にどんな目を向けられているかも、見えなくなった。

見えなくなって、なんだかバカバカしいくらいに気持ちが軽くなった。

「オレは由衣《ゆい》にとって――おまえは幸太郎《こうたろう》にとって――理想の相手になればいい」

「……………それじゃダメだ。わたしはわたしのままがいい」

「わがままだな」

「わがままでいないと自分が自分じゃなくなってしまう」

「だけどおまえはおまえのままだからフラれたんだろ？」

「……………」

「オレもそうだ。オレたちはこのままでいても卑屈さを加速させていくだけで、永遠に幸せになれない。どいつもこいつも本当の気持ちを隠して失《な》くした偽物《にせもの》だと辟易《へきえき》しながら、孤高を極めた本物のまま寂しくひとりで朽ち果てていくしかない。でも、そんなの、嫌だろ？」

「だからって、自分を偽りたくはない」

「同感だ」

オレと鳩羽《はとば》は同じ枷《かせ》に囚《とら》われている。

「自分」というものを大切にしているけれど、その「自分」に大切にするだけの価値がない。だからだれとも宝物を共有することができず、他のだれかにとっての宝物にもなることができないでいる。

それでも、この「運命」をあきらめたくないのなら。

オレたちはここで一度ちゃんと認めるべきだ。

今の自分に固執するだけの価値がないことを。

「自分を偽りたくはない。だけど今のままじゃ幸せにはなれない」

「…………うん」

「そんなオレたちにもまだ、手を伸ばせる救いの糸は残ってる」

「……どこに？」

「ここにさ」

オレは被《かぶ》っていた石仮面を脱いで鳩羽《はとば》に渡した。

「こんなもの……！」

と、仮面を投げ捨てようとする鳩羽《はとば》にオレは言う。

「そうやって意地になって、なんでもはねつけているのが、今のおまえだ」

鳩羽《はとば》がピタリと動きをとめる。

「そして、たとえばその仮面が、なるべきおまえだ」

「…………なるべき、わたし……？」

「ああ」

オレも鳩羽《はとば》も「今の自分」を大切にしすぎている。

大切にしすぎて、そこにウソや偽りを被《かぶ》せることに耐えられないでいる。

なら。

ウソや偽りで本当の自分の貶《おとし》めたくないのなら。

――被《かぶ》った仮面に合わせて、自分の「真相」を作り変えてやればいい。

「――成り代わるんだよ！」

本当の気持ちを隠して笑う人間は気持ち悪い。今でもそう思っている。

でも、そういうことを気持ち悪がってずっと怖い顔をしていてもオレたちはなにも手にすることができない。

だったら、本当の気持ちのまま笑えるようになればいい。

他人にとって受け入れがたい「自分」を押しつけるわけでもなく。

「自分」を偽るわけでもなく。

今日まで大事にしてきた〝ありのままの自分〟ってやつを、相手にとって最も価値のあるものに変えてしまえばいい。

「オレが藤峰幸太郎《ふじみねこうたろう》に――おまえが百瀬由衣《ももせゆい》そのものになれば――オレたちは運命の相手と付き合うことができる」

「………………！」

見た目も、言動も、考え方も。すべて同じになれば――「ありのままの自分」を鷲谷《わしや》相馬《そうま》ではなく藤峰幸太郎《ふじみねこうたろう》を基準にすれば――きっとすべてうまくいく。

オレに――オレたちに――嫌悪《けんお》感を堪えて被《かぶ》れる仮面は、おそらく精々一枚。

なら、その仮面を自分の顔だって言い張れるくらいに馴染《なじ》ませてしまえばいい。

一時の被《かぶ》りモノなんかじゃなく、脱ぎ捨ててしまいたいと思わないほど大切にすべき〝自分自身〟として。

幸太郎《こうたろう》に――由衣《ゆい》に――成り代わってしまえばいい。

「……それって、自分じゃなくなるってことか？」

「いいや。ちがう自分になるってことだよ」

自分をなくして笑うことはできない。

でも、ちがう自分になって笑うことはできる。できなきゃいけない。

そうすることでしか、オレたちは幸せになることができないから。

自分を大切にするためにも、今の自分を変えなくちゃいけない。

「オレは今日から、幸太郎《こうたろう》になる」

鳩羽《はとば》が道端に転がっている犬のフンを食べて舌鼓《したつづみ》を打つやつでも見るような顔をした。

「大丈夫。今はこんなオレでも、夏休みが終わるまでには完璧な幸太郎《こうたろう》に成り代わってみせるアミーゴ」

オレは精いっぱい幸太郎《こうたろう》らしくさわやかに笑ってみせる。

慣れない笑顔に顎が突っ張り、持ち上げた口角はピクピクと引《ひ》き攣《つ》っていた。

「……わたしがあの女に成り代わったとしても、あの女の存在が消えるわけじゃない。〝同じ〟だけじゃ足りない。二人が付き合っている事実を覆《くつがえ》せない」

「同じじゃないさ」

そう。同じじゃない。

オレが幸太郎《こうたろう》に――鳩羽《はとば》が由衣《ゆい》に――勝っていると確信できることが、既にひとつある。

「オレも、おまえも、運命の相手に対する執着なら、負けてないだろ？」

「………………！」

幸太郎《こうたろう》も、由衣《ゆい》も、おそらく人生をうまくやれてきたタイプの人間だ。

そんな二人が付き合うのはとても自然なことで。オレたちはその「自然」を捻《ね》じ曲《ま》げようとしている。

そうまでしてたったひとりの相手との恋を成就《じょうじゅ》させたいと願うオレたちの黒ずんだ心が、二人の間にある清純で透明な感情に劣るとは思えなかった。

気持ち悪いくらいに、オレたちはこの恋に縋《すが》っているのだ。

「たしかに。わたしが世界でいちばん幸太郎《こうたろう》のことを大切に思っているのは事実だ」

「なら、どうだ、鳩羽《はとば》？　おまえはおまえの恋を実らせるために、おまえがきらいな百瀬由衣《ももせゆい》になれるか？」

「………ぐぬぬ………ッ………ぐぬぬぬ………ッ！」

鳩羽《はとば》は石仮面を握りしめて唸《うな》っていた。

「由衣《ゆい》になれば幸太郎《こうたろう》とあんなことやこんなことができるアミーゴ」

「………ガハッ！」

白かった鳩羽《はとば》の顔がいきなりリンゴみたいに赤くなる。

吊《つ》り上《あ》げられていた目の端がとろんと垂れて。邪《よこしま》なことを考えているのがすぐにわかる顔だった。

どうやらこいつも感情がすぐ顔に出てしまうタイプらしい。

「幸太郎《こうたろう》にあんなことやこんなことをされたら……わたしは………！」

小さな身体《からだ》でぐりんぐりんと身もだえしながらひとしきり妄想をたのしんだらしい鳩羽《はとば》は、やがて緩んだ口角を引きしめると、長い息をひとつ吐いてからスッと石仮面を被《かぶ》った。

「わたしの名前は百瀬由衣《ももせゆい》。これからよろしくね、キモキモストーカーくん」

「由衣《ゆい》はそんなふうにだれかを蔑んだりしないからな」

「幸太郎《こうたろう》だってそんなにキモくない」

こうしてオレたちは仮面を被《かぶ》り、幸太郎《こうたろう》と由衣《ゆい》に成り代わることを選んだ。

ありのままの自分を受け入れてもらうために、自分を変える決意をした。

僕らは愉快な敗北者

「…………」

「…………」

互いが被《かぶ》った仮面に違和感を覚えたオレたちは、一旦本来の自分にもどり、百瀬《ももせ》由衣《ゆい》と藤峰《ふじみね》幸太郎《こうたろう》の人物像をすり合わせるべく、それぞれの思い人について知っていることを黒板に書き出してみることにした。

「…………なんだよ、それ」

鳩羽《はとば》が黒板の右半分を使って描いた幸太郎《こうたろう》像を見て、オレは愕然《がくぜん》とする。

「『学校でいちばんの人気者』『だれにでもやさしい』はいいとして。『困っている人を見つけると必ず助ける』『どんな勝負にも負けない』とか、主人公かよ！」

「だからわたしは幸太郎《こうたろう》を選んだんだ。それくらいじゃないとわたしの相手にはふさわしくないからな」

……こいつ、ちゃんと自分のレベルをわかってるのか？

すくなくともオレから見た今の鳩羽《はとば》彩音《あやね》はレベル1。ゲームを始めてすらいない状態。あるいは揚々と最初の町を飛び出してすぐモンスターに嬲《なぶ》り殺されて棺桶《かんおけ》に入っている状態だ。

そんなやつがこんな、十五年間ずっと勇者を続けてきたみたいなステータスのやつと一緒に旅ができるわけがない。

「『だけどわたしだけには弱味をみせてほしい』って、これに至ってはただの願望じゃん！」

「いずれそうなる」

「今の話をしてるんだ！」

理想を肥大化させてはいけない。

いきすぎた設定は現実から乖離《かいり》することになる。

そうしたらオレは幸太郎《こうたろう》ではないだれかの仮面を被《かぶ》ることになってしまう。

オレは悪い部分も含めて、藤峰幸太郎《ふじみねこうたろう》になりきらないといけないんだ。

「ここまで善性を表立たさせてるってことは、幸太郎《こうたろう》は偽善者なのか？」

「幸太郎《こうたろう》は偽物《にせもの》じゃない。本物の善人だ」

「本物ねえ……」

本物なんて──ありのまま生きている優等生なんて、オレは由衣《ゆい》しか知らない。

自分を偽らず、善意の仮面を被《かぶ》らないまま万人にやさしくすることなんて、オレはできると思えなかった。

「やさしさ」はその裏に必ず醜い打算を隠していることを、オレはこの十五年で繰り返し学んでしまっている。

「あの妙な人気も、よくわからない口癖も、オレにはいろんな仮面を被《かぶ》り続けてきた結果にしか思えないけどな」

「おまえこそ」

「鷲谷《わしや》相馬《そうま》」

「鷲谷《わしや》こそ、なんだこれ？」

鳩羽《はとば》は黒板の左半分を指差す。

品行方正。清廉潔白。才色兼備。趣味は一生懸命がんばっている人を応援すること。常に周りを気遣い、配慮し、だれかを思って笑い、だれかを思って泣くことができる人間。どこにもまちがっているところなんてない。

「こんなのはウソッぱちだ！」

叩《たた》きつけられた金属バットが、オレの描いた由衣《ゆい》像を黒板もろとも破壊する。

「あいつは他人を気にかけたり、心からなにかを応援できるような人間じゃない。そういう自分を演じてるだけだ。可笑《おか》しくもないのに笑って。悲しくもないのに泣いて。あいつの本性は真っ黒なんだ！」

「おまえなあ……ちゃんと由衣《ゆい》を直視しないと、同じ人間になんてなれないぞ？」

「ぐぬぬ……！」

「なにか由衣《ゆい》が悪いことをしてるとことか、見たわけじゃないんだろ？」

「見てないだけだ。人が見てないところであいつは悪いことばっかりしてるんだ。そんな気がする」

「それはない。由衣《ゆい》が家で眠るまで双眼鏡で観察したこともあったから」

「うわあ、キモ！」

オレの心はすっかり傷だらけだけど、もうその場で崩れ落ちたりしない。

これからなにをすべきか、ちゃんと見据えているから。

「ここで話してても埒《らち》が明かない。たしかめにいこうぜ。どっちの言ってることが正しいか」

オレがそういうと、今までずっと横柄《おうへい》な態度をとっていた鳩羽《はとば》が急に黙り込んだ。

彼女はバットを落とすと、胸の前にもってきた両手を組んで、重ねて、擦り合わせる。

そうしてもじもじと身体《からだ》をくねらせながら、伏し目がちに口を開く。

「……会いにいくのか？　幸太郎《こうたろう》に」

「幸太郎《こうたろう》だけじゃない。由衣《ゆい》にも会って、見て、話して。ちゃんとたしかめておかないと」

「…………鷲谷《わしや》は、平気なのか？　おまえもさっき、フラれたんだろ？」

「平気なわけあるか」

できることならもうしばらく由衣《ゆい》とは会いたくない。

いや、まあ、会いたいんだけど。どんな顔をして話せばいいのかわからない。なにを話せばいいのかわからない。それを考えるために一か月くらい使いたい。

でも、そういうわけにもいかない。

「明日から夏休みだ。そしたらいろいろ予定も合わせづらくなっちまう。今がいちばん、二人に会いやすいときなんだ」

だからオレは今日、由衣《ゆい》を屋上に呼び出したんだ。

今日なら暇なやつも用事があるやつもとっとと出払って、余計な邪魔が入らないと思ったから。だれにも茶々を入れられることなく素直な気持ちを打ち明けて、夏休みは二人で最高の思い出を作ろうとか考えてたんだ。

まあ、木っ端微塵《こっぱみじん》にフラれたことで、そんな妄想もあえなく砕け散ってしまったわけだけど。

「オレだってまた顔を合わせて傷つくのが怖い。傷を思い出すのが怖い。でも、一か月後の幸せな自分を思い描けば耐えられる」

「一か月後？」

「ずっと他人に成り代わるのに時間を割いてても意味ないだろ？　オレたちが望んでいるのは成り代わること自体じゃなくて、そうして『運命』の恋を叶《かな》えることなんだから」

「たしかに」

「だから、この夏が勝負なんだ」

一か月。この夏休みは、自分を変えるために四苦八苦する時間になるだろう。

だけどその日々を乗り越えることさえできれば幸せになれる——なら、オレはどんなに傷ついたっていい。

必ず幸太郎《こうたろう》に成り代わって、オレにとっての「運命」を──百瀬由衣《ももせゆい》を本物の幸太郎《こうたろう》から奪い取ってみせる。

「おまえもオレじゃなくて、本物の幸太郎《こうたろう》とハッピーライフを送りたいだろ？」

鳩羽《はとば》は大きく「うん」と頷《うなず》いて、覚悟を決めたようだった。

†

美術室をあとにしてグラウンドに向かうと、駐輪場のまえに植えられた木々のほうからたのしそうな談笑がきこえてくる。

見れば、木陰に腰を下ろした幸太郎《こうたろう》と、彼を囲ってはしゃぐ人だかりがあった。

どうやらちょうど休憩中らしい。

休憩中も「幸太郎《こうたろう》の輪」は健在だ。

賑《にぎ》やかな談笑に華を咲かせ、わいのわいのと盛り上がっている。

「いけるか？」

そう尋ねると、さっきまで隣にいたはずの鳩羽《はとば》が姿を消していた。

「ふぐっ……!?」

急にグイと後ろから制服を引っ張られて首が締まる。

慌ててねじ込んだ指で襟を引きもどすと、背中にごつんと衝撃。

鳩羽《はとば》はぶつけた額を赤くしたまま、オレの背中にしがみついてこそこそと幸太郎《こうたろう》の様子を窺《うかが》っている。

「…………なにしてんだよ？」

鳩羽《はとば》はプルプルと顔を横に振るばかりで、オレから離れようとしない。

さっきまでの傍若無人っぷりがウソのように、鳩羽《はとば》は緊張していた。彼女にとって運命の相手である幸太郎《こうたろう》をまえにして。

「…………ったく」

オレはいつまでも羽化できないセミの真似《まね》をしている鳩羽《はとば》を連れて「幸太郎《こうたろう》の輪」の中に押し入っていく。

「おい、幸太郎《こうたろう》」

日焼けした褐色の肌と赤いソフトモヒカン。輪郭のハッキリとした顔立ちも相まって輪の中でもとりわけ目立つ彼は、オレに気づくと、つぶらな目をパチクリさせる。

「ん？　キミは、えっと……」

「鷲谷《わしや》相馬《そうま》だ」

取り巻きの連中がオレを見て、怯《おび》えた様子で後ずさりしていく。

そういう反応にはもう慣れていた。

けれど幸太郎《こうたろう》はオレを見てもまるで動じることなくスクリと立ち上がると、オレの手をとって笑いかけてくる。

「やあ、相馬《そうま》くん。アミーゴ」

相対してみると、幸太郎《こうたろう》の体格のよさにおどろく。

向かい合って立つだけでオレの額に影がかかる。

ぎゅっと握られている手には、痛いくらいの力が込められていた。

「……ん？　そこにいるのは彩音《あやね》さんかな？」

「わ……⁉　わっ⁉」

オレの背中にしがみついて顔を押しつぶしていた鳩羽《はとば》が、おどろいたようにパッとオレの服から手を放してドシンと尻餅をつく。

オレをきらって離れていた「幸太郎《こうたろう》の輪」は、彼女に気づくとさらに大きく距離をとった。

一様に浮かんでいる苦笑いは、隠しきれない恐怖と嫌悪《けんお》を窺《うかが》わせる。

やはり、というべきか。

どうやら鳩羽《はとば》も周りとうまくはやれていないらしい。

まあ、フラれたショックで暴れ回るようなヤツなのだから当然かもしれないけど。

怖がられて、避けられて、背中を丸めて俯《うつむ》く鳩羽《はとば》は、美術室で話していたときよりさらに小さく見えた。

「……こ、こうたろぉー！」

鳩羽《はとば》は意を決したように顔を上げると、ラクガキみたいなクマのある目で思い人のことを見つめてその名を呼ぶ。

けれど、そのあとが続かない。

「……あの……その……えっと……」

まごついてうまく言葉を紡《つむ》げないでいる鳩羽《はとば》に呆《あき》れて、オレが助け舟を出そうとしたとき。

オレのまえを横切るように伸びてきた褐色の腕が、彼女の手をひょいと摑《つか》んで立ち上がらせる。

そして幸太郎《こうたろう》は、オレに向けたのと同じさわやかな笑みを浮かべて言うのだった。

「やあ、彩音《あやね》さん。アミーゴ」

日差しを受けて覗《のぞ》いている白い歯がきらりと光り、生温《なまぬる》い夏の風に赤いソフトモヒカンが揺れる。

「あ、あぁ……えっと……あみー、ごー」

つながれた手に視線を落とし、鳩羽《はとば》は恐る恐るといった様子でその手を握り返す。

オレがやったらすぐに「キモい」とか言われて振り払われそうなものだけど、顔を赤くした鳩羽《はとば》の顔に拒絶の意志はなかった。

とろんと口《くち》の端《は》を垂らしていて、むしろうれしそうだった。

「……だれにでもやさしい、か」

「僕がかい？」

「そういう評判だぜ？」

「まあ、やさしくしない理由がないからね。きびしくするかやさしくするかの二択なら、やさしくしたほうがだれにとってもプラスだとは思わないかい？」

「なるほどな」

たしかに。嫌われ者のオレや鳩羽《はとば》に対してもいやな顔ひとつせずあたりまえに接してくるあたり、やさしいのは本当らしい。

あとは『困っている人を見ると必ず助ける』と『どんな勝負にも負けない』だったか。

「……幸太郎《こうたろう》、ちょっと勝負しないか？」

「勝負？」

「種目は百メートル走。どうだ？」

「いいね、やろう！」

なにを疑うこともなく幸太郎《こうたろう》はにゅっと親指を立てて頷《うなず》くと、「幸太郎《こうたろう》の輪」を引き連れてグラウンドへと走っていく。

「いきなり勝負だなんて、なに考えてるんだ？　鷲谷《わしや》」

幸太郎《こうたろう》に手を放されてがっかり顔の鳩羽《はとば》が、オレにきいてくる。

「おまえの言ってたことが本当かたしかめるだけだよ。ここでオレが勝てたら、おまえの語ってたあいつの人物像はまちがいだったってことになる」

「陸上の経験でもあるのか？」

「いいや、まったく」

「なら勝てるわけない」

「まあ見てろって」

オレは幸太郎《こうたろう》が待っているトラックに向かい、レーンの横に並び立つ。

「スタートのタイミングは相馬《そうま》くんに任せるよ」

「それじゃあ、よーい」

ドン、と言わずにオレは走り出す。準備運動をしていた幸太郎《こうたろう》を置き去りにして。

オレのやり方に「幸太郎《こうたろう》の輪」がブーイングを飛ばしていたが、無視した。

そうしてコースの半分ほどを過ぎたとき。

ブン、と後ろから突風が吹いてきて、颯爽《さっそう》と幸太郎《こうたろう》がオレを追い抜いていく。

まるで背中にジェットエンジンでもつけているみたいな加速力だった。

そのままグングンと幸太郎《こうたろう》はゴールに向かって走っていく。

「ぎゃあああ!?」

オレの悲鳴に足を止めた幸太郎《こうたろう》が振り返る。

オレは転んで擦《す》り剝《む》いた膝の傷を見せつける。

幸太郎《こうたろう》は躊躇《ちゆうちよ》なくゴールを背にすると、心配そうな顔でこっちにもどってくる。

そしてオレに向かって手を差し伸べてきた。

「大丈夫かい？　そうまく──」

「──おらよっ！」

その手をグイと摑《つか》んで、オレは幸太郎《こうたろう》のことを引きたおそうとする。

ところが、動かない。

「……………あれ？　あれ？」

何度力んでも同じだった。

圧倒的体幹によって支えられた幸太郎《こうたろう》の身体《からだ》は、前屈《まえかが》みになった姿勢のままびくともしない。

「──よっと」

「うわっ⁉」

金魚でも掬《すく》うような手軽さで逆に引き上げられてしまったオレの身体《からだ》は、幸太郎《こうたろう》が広げた腕の中にすっぽりと納まる。

僕を抱えたままクルリと踵《きびす》を返《かえ》した幸太郎《こうたろう》は、えっほえっほと走り出し、そのまま息ひとつ乱すことなくゴールラインを踏み越えた。

「アミーゴ！」

勝ち負けよりもオレの身を案じて引き返すことを選んだ幸太郎《こうたろう》の善性に「幸太郎《こうたろう》の輪」が惜しみない称賛の拍手を送る。

それに応えるように、幸太郎《こうたろう》は青空に向かって拳を掲げた。

「ぐへぇ……」

「おっと。すまない、相馬《そうま》くん。大丈夫かい？」

支えを失って足下に転がり落ちたオレに、幸太郎《こうたろう》は申し訳なさそうにもう一度手を差し伸べてくる。

その態度に、卑怯《ひきよう》な勝ち方をしようとしたオレへの不満や憤《いきどお》りの念は感じない。

潑剌《はつらつ》と笑いかけてくる幸太郎《こうたろう》を見ていると、自分のふがいなさを思い知らされるようだった。

「…………オレの負けだ」

「いや。一緒にゴールしたんだから引き分けだよ」

「ちがう」

順位どうこうじゃない。

一切の迷いなく他人を助けに向かえる人間性。妨害にも動じない身体性《しんたいせい》。そして言葉の節々から感じ取れる、人生そのものにおける余裕。

そのどれもが、今のオレにはないもので。存在の格としてどちらが「上」でどちらが「下」

かは、これ以上たしかめるまでもない。

オレは尻についた土を払って立ち上がると、校舎の中へと逃げ去っていく。

「相馬《そうま》くん。せっかくこうして関わりを持てたんだ。もし走ることに興味があるんだったら、僕らと一緒に気持ちいい汗を流さないかい?」

「…………気持ちいい汗なんてこの世にあるかよ、ばーか」

そんな捨《す》て台詞《ぜりふ》も、隣でおかしそうに笑っている鳩羽《はとば》の声でかき消された。

†

圧倒的な敗北感だった。

けれど、これでわかった。

たしかに鳩羽《はとば》の言うとおりだった。

幸太郎《こうたろう》の言動からは、裏表を感じない。

幸太郎《こうたろう》も由衣《ゆい》と同じく、仮面を被《かぶ》らず〝ありのまま〟で生きている人間だ。

そしてその〝ありのままの藤峰幸太郎《ふじみねこうたろう》〟が周囲に受け入れられている。

本来の性質──生まれもっての人格からして、オレとあいつはちがっている。

「これでわかっただろ、鷲谷《わしや》。幸太郎《こうたろう》はすごいやつなんだ」

「……ああ、そうだな」

「それに引き替え、おまえはダメダメだな。鷲谷《わしや》」

愉快でがさつな笑い声をあげながら、鳩羽《はとば》がバシンバシンとオレの背中を叩《たた》く。

「……………おまえ、幸太郎《こうたろう》のまえだと、なんかキャラちがったよな」

「そうか……」

おそらく今のほうが素なのだとは思うけど。

幸太郎《こうたろう》のまえだとこいつはなんというか、もうちょっと殊勝な感じになっていた。

「おまえも仮面を被《かぶ》るのか？」

「仮面？」

「本心を隠して振る舞えるのかってこと」

「そういうわけじゃないけど……ただ、幸太郎《こうたろう》のまえだとすこし……緊張する」

そういって、鳩羽《はとば》はまた両手の指をこねくり合わせてもじもじとし始めた。

意外にも健気《けなげ》というか……なるほど。ちょっとはかわいいところもあるらしい。

「幸太郎《こうたろう》をやるのは大変そうだな」

「とってもいい男だっただろ？」

「まあ、な」

「だから幸太郎《こうたろう》はあんな腹黒ピエロ女じゃなくて、わたしを選ぶべきなんだ」

「……あのな、いいか鳩羽《はとば》。さっきも言ったけど、由衣《ゆい》はそんなふうにだれかを悪く言ったりしないからな」

「はん！　どうだか！」

「わたしがどうかした？」

背後で鈴を鳴らしたような声がする。

おどろいて振り返ると、オレたちのすぐ後ろに由衣《ゆい》が立っていた。

「やっほ」

「でたな、腹黒女！」

「あ、えっと……たしか、彩音《あやね》さんだ。やっほ」

汚いものでも見るような目つきで指を差す鳩羽《はとば》にも、由衣《ゆい》は朗らかに微笑《ほほえ》みかけていた。

「なーにが！　なーにがッ！」

鳩羽《はとば》がその場で地団太を踏む。

そして顔の前で手を広げて、歌舞伎役者よろしく宣言した。

「わたしはおまえがきらいだ！　百瀬由衣《ももせゆい》！」

「………………あー、うん。そっか。残念だな」

由衣《ゆい》が悲しそうに視線を落とす。

そのどこか儚《はかな》げな表情に、オレの胸が人知れず高鳴る。

「だけどわたしは彩音《あやね》さんのこと、好きだよ」

「うげぇー！」

首を絞められた鳥みたいな声をあげて鳩羽《はとば》が後ずさりする。

気持ち悪そうに顔を青くして、今にも吐きそうな様子で口元を押さえている。

表情しかり。行動しかり。本当に、心と身体《からだ》が直結しているやつだと思った。

「大丈夫？　彩音《あやね》さん」

「おまえに心配されるほど、わたしは終わってない！」

自分と由衣《ゆい》の間にビッと手を突き出して鳩羽《はとば》は言う。

「そうやっていきなり馴《な》れ馴《な》れしく下の名前で呼んでくるところがまずムリだ！」

「うーん……でも、そうしたほうがすぐに仲良くなれる気がするし」

「仲良くなることが正しいと思ってるその思想が次にムリだ！」

「ははっ……きらわれちゃってるなー。わたし、なにかしたかな？」

「幸太郎《こうたろう》を籠絡《ろうらく》した！」

「幸太郎《こうたろう》？」

由衣《ゆい》が不思議そうに首を傾《かし》げて、それからオレのほうを見た。

数秒の沈黙を経て。由衣《ゆい》は「あー」と納得したように手を叩《たた》く。

「相馬《そうま》くんと彩音《あやね》さんって、仲良かったんだね」

「あ、いや、べつにそんなことは……」

「ねえ。二人は明日、なにか予定とかあるの？」

「明日……特にないけど？」

オレがそう答えると、鳩羽《はとば》がむっとこっちをにらんでくる。

幸太郎《こうたろう》と由衣《ゆい》に成り代わるため、オレたちはこれからいろいろと努力していかなくちゃいけない。

けれど、具体的にどこでなにをしようというプランがまだないのは本当だ。

べつに由衣《ゆい》に予定をきかれたから咄嗟《とっさ》にヒマを入れたわけじゃない。

「じゃあ、さ。一緒にプールいかない？」

「プール⁉」

「プール⁉」

オレと鳩羽《はとば》の声が重なる。

プールなんて巨大な水槽の中で寿司《すし》詰めにされながら寿司《すし》のように流されておびただしい量の汗と塩が混ざった水に浸されながらたのしそうに笑っていることを強いられる、地獄みたいな場所だ。

あんなところに望んでいくやつの気が知れない。

「…………ダメ、かな？」

上目づかいになった由衣《ゆい》が小首を傾《かし》げる。

彼女の長い黒髪が首筋をなぞり、喉から胸の谷間に沿って流れていた。

夏の暑さが外させた制服のボタンの向こうにキレイな肌が透けている。

オレはごくりと唾を呑《の》んだ。

「プールなんてだれが……！」

「ああ。いくよ」

由衣《ゆい》に噛《か》みつこうとする鳩羽《はとば》の口を手で塞いでオレは頷《うなず》いた。

そして回した腕の中で「信じられない」という顔を向けてくる鳩羽《はとば》の耳元で囁《ささや》く。

「……………オレだっていきたくない。あんなところにいくやつの気が知れないと思ってる。でも、だからこそ、いくべきなんじゃないのか？　自分を変えるために」

鳩羽《はとば》は「ぐぬぬ……」と唸《うな》りながら頷《うなず》いた。

顔には腹を切る武士のような覚悟が滲《にじ》んでいた。

「よかった。幸太郎《こうたろう》もくるから、四人で遊ぼうよ」

幸太郎《こうたろう》の名前をきいて、岩みたいになっていた鳩羽《はとば》の顔がとろんと緩む。

まったくこいつは、わかりやすい。

「……どうしたの、相馬《そうま》くん？　ずっと鼻の下が伸びてるよ？」

「はっ！」

どうやらオレも素直な気持ちが顔に出てしまっていたらしい。

「いや、べつにどうってことはない！」

「そっか。じゃあ、幸太郎《こうたろう》の部活が終わってから。午後二時に、レオマのプールで」

そう言い残して由衣《ゆい》はグラウンドのほうに走っていく。

彼女の手にはずっとスポーツドリンクが抱えられていた。

「それは？」

「幸太郎《こうたろう》の」

そういって、彼女はクスリと笑みをこぼす。

あの日——美術室で——オレのまえで笑ってくれたときよりもたのしそうに。

幸太郎《こうたろう》のことを思って、彼女は笑っていた。

「………」

——ああ、そうだ。

由衣《ゆい》はだれかを思って笑い、だれかのために行動することができる人間なんだ。

そういう彼女の善性に、オレもまた惹《ひ》かれたんだ。

だからこそ、そんな彼女にとってのいちばんがオレじゃないことが、悔しかった。

「むごごご！」

「あっ、悪い」

ずっと塞いだままだった鳩羽《はとば》の口から手をどける。

そしてギラリと反撃の牙を覗《のぞ》かせている鳩羽《はとば》のまえで、オレは言葉を落とす。

「幸太郎《こうたろう》のために買ってきたんだろうな、アレ」

「……」

「たった百円ちょっとのことだけど、だれかのためになにかを買うなんてオレにはできない。いろんなやつをにらみつけて生きてきたから、買ってやる相手もいないし、そういう気持ちにもなれない」

「…………わたしも、なれない」

鳩羽《はとば》の言っていた幸太郎《こうたろう》像が正しかったように。オレに見えている由衣《ゆい》像もまたやはり正しかった。

幸太郎《こうたろう》はだれにでもやさしくできる人間で。由衣《ゆい》はそんな幸太郎《こうたろう》のことを素直に応援できる人間だった。

「なあ、彩音《あやね》」

「んあっ!?」

吸い込もうとした息がどこかで逆流したのか、鳩羽《はとば》はゴホゴホとむせる。

「な、なんだ、おまえまでいきなり親しそうにしてきて!?」

「そのほうが、幸太郎《こうたろう》っぽいのかなと思って」

「幸太郎《こうたろう》はそんなにペラくない！」

「でも、おまえもあいつのことを呼び捨てにしてるじゃないか」

「呼んでいいって、言われたんだ。消しゴムを拾ってくれたときに」

「どんな会話だよ、それ」

「……ありがとうって言えない、わたしに……軽々しく感謝の言葉を口にしたくないわたしに、名前を呼んでいいって。だからこうたろーって呼んだ。それをお礼の代わりとして受け取ってくれて、幸太郎《こうたろう》もわたしのことを名前で呼び返してくれた」

「へえ」

鳩羽《はとば》は言葉を消耗品として考えている。

だから些細《ささい》なことでソレを浪費してしまわないように、感謝を出し渋っている。

だけどふつうは小さな善行にも一々『ありがとう』を求められる。

だからみんな大事な『ありがとう』を安売りする。

そういうことができる人間になっていく。

そんな「ふつう」になれない鳩羽《はとば》の信条を見越して自分の名前を呼ばせたのだとしたら……

たしかに幸太郎《こうたろう》の善人っぷりは並外れている。

恩着せがましいと思わせたりせずに、善意を正しく善行として機能させる力を持っている。

たしかに〝困っている人を見つけたら必ず助ける〟だけの力を持っているように思える。

並みの人間には靡《なび》かないという鳩羽《はとば》が籠絡《ろうらく》されたのもわかる気がした。

「じゃあ、オレもその手順を踏むよ」

オレは幸太郎《こうたろう》になりきると決めた。

だからその第一歩として、鳩羽《はとば》のほうに向き直り、その手をとって、言う。

「彩音《あやね》って、呼んでもいいかい？」

鳩羽《はとば》もオレが幸太郎《こうたろう》の仮面を被《かぶ》り始めたことに気づいたようだった。

恥ずかしそうに視線を逸《そ》らして。微《かす》かに頬を赤く染めながら。彼女はそっと手を握り返してくる。

「…………彩音《あやね》さん、だ」

鳩羽《はとば》にしてはずいぶんと控えめな態度だった。

けれど、本物の幸太郎《こうたろう》のまえでもこいつはだいたいこんな感じだった。

たぶん、幸太郎《こうたろう》を意識するだけでそうなってしまうのだろう。

なんとも単純で、裏表のないやつだ。

「じゃあ、彩音《あやね》さんもまずは由衣《ゆい》が善良な人間だって認めるところから始めろよ」

「あんなやつ……………！」

と、吐き捨てかけた言葉をぐっと呑《の》み込んで、彩音《あやね》は渋々頷《うなず》く。

「…………わたしは、由衣《ゆい》になる」

「オレは幸太郎《こうたろう》になる」

互いに自分を指差してたしかめ合い、続いて相手を指差してたしかめる。

「おまえは、由衣《ゆい》」

「おまえは、幸太郎《こうたろう》」

そうして見つめ合うこと、数秒。

「………………くっ」

「………………ガハッ」

オレたちはどちらからともなく吹き出して、滑稽さに腹を抱えた。

がさつで。粗暴で。品がなくて。好きな相手の前でだけ縮こまって。そんな彩音《あやね》があの由衣《ゆい》に成り代わる未来なんて今は想像もできない。

彩音《あやね》もオレが幸太郎《こうたろう》に成り代わる未来なんてまだ想像もできないだろう。

オレたちの現状は、そんな感じだ。

きっと今が目標に対しての最低地点。

今がドン底なら、あとは上がっていくだけだ。

そう思うとなんだかやれそうな気がして。オレたちは互いの眉間に刻まれたシワをぐみぃーっと伸ばして笑い合う。

こうして、オレたちの夏休みが始まった。

――僕らはプールサイドの人生から飛び込む

次の日。晴天。夏休み。

オレは学校近くのバス停で彩音《あやね》のことを待っていた。

彩音《あやね》がプールの場所を知らないというので、一緒に向かうことを提案したのだ。

「…………あつい」

――ポタリ――ポタリ――。

夏の日差しに当てられて溶けていく棒アイスがアスファルトにシミを作る。

もったいないと一口に押し込むと、あのキンとくる痛みがこめかみに昇ってきた。

「――――ツゥ……」

眉間を押さえてじっと痛みが引いていくのを待つ。

顔を上げると、遠巻きにこちらを見て笑う二人組の男子を見つけた。

制服を着ているから同じ学校の生徒だと思う。

部活だろうか？　休みの日までご苦労なことだ。

「炎天下で棒アイス食うのはバカだってか？」

オレが視線を向けると、二人はさっと笑みを消してなんでもない顔を繕った。

そしてそのまま無関心の仮面を被《かぶ》ってオレの横を早足で通りすぎていく。

「…………オレのことが滑稽でおかしいなら、ちゃんと隠さず笑えばいいのに」

そう呟《つぶや》いてすぐ、首を横に振って鬱屈とした思考を払い落とす。

――オレは幸太郎《こうたろう》になると決めたんだ。

幸太郎《こうたろう》ならきっとこんなことは思わない。

彼らがこそこそ笑っていたことも、真相を隠す仮面を被《かぶ》ったことも、大らかな心で許してみせるはずだ。

「――アミーゴ！」

オレは振り返り、大きな声で二人に手を振った。

二人はびくりと肩を竦《すく》ませて、そのまま逃げるように走り去っていった。

「…………まだオレはそんなに怖い顔してるのかよ」

ふてくされて手を下ろそうとすると、二人組の向こうから歩いてくる人影を見つけた。

けっこう距離はあるけれど、それが彩音《あやね》であることはすぐにわかった。

ダンゴムシみたいに背筋を丸めたままふらふらと向日葵《ひまわり》色の頭を揺らしている。

着ている上下紺のスウェットにはまったく季節感がない。まあ、セットジャージのオレに言えたことではないが。

オレたちの人生には「オシャレ」という概念が不足している。

どうだ、と鼻を鳴らしてやろうとして、オレは彼女の顔がだんだん赤くなっていることに気づく。

「……う、うん」

恥ずかしそうに視線を泳がせて、彩音《あやね》は照れていた。

昨日、名前を呼ばれたときみたいに。また本物の幸太郎《こうたろう》をイメージしてしまったのだろう。

なんとも想像力が豊かで、それ自体はいいことなのだろうけど。

そうやって本気で照れられると、なんだかこっちまで恥ずかしくなってきて。じわじわと心拍数が上がってしまう。

こんな会話は、ただの冗談なのに。

「……ありがと」

きこえるかどうかの声で、彼女はそう呟《つぶや》いた。

オレに褒められたくらいのことでも、彩音《あやね》は由衣《ゆい》の仮面を被《かぶ》ればちゃんと感謝の言葉を口にできるようだった。

「どういたしまして」

オレはオレで、軽々しくこんなセリフを言えるのは幸太郎《こうたろう》の仮面を被《かぶ》っているからだった。

苦しいことばかりだと思っていたけれど、自分のままでいたらとても言えないようなことをこうして他人の顔を借りて口にするのは妙な感じで、すこしだけ可笑《おか》しくもあった。

なんだか三文芝居をしているみたいで、笑えてくる。

だからオレも彩音《あやね》も、いつのまにか自然と笑みを零《こぼ》していたのだった。

†

それからほどなくして、バスは目的地に到着した。

冷房がきいていたバスを降りると、途端に夏の蒸し暑さに飲み込まれた。

「……………あつい……しんどい……かえりたい……」

「きたばっかだろうが……でもわかる…………」

被《かぶ》っていた仮面は暑さで一瞬のうちに溶け落ちて、互いに伸ばしていた背筋がシュルシュルと丸まっていく。

そんなオレたちの目の前にある長大なエスカレーター。それを上った先にあるのが、由衣《ゆい》の言っていたレオマ。正式名称はＮＥＷレオマワールド。

プールだけでなく、観覧車やジェットコースターといったアトラクションも取りそろえたアミューズメントパークであるため、季節を問わず多くの来場客で賑《にぎ》わう。

なんていうことはもちろん調べただけで、こうして実際に訪れたことはない。

けれどオレたちが立ち尽くしている間にも水着の入ったバッグを担《かつ》いだ人間たちが続々とエ

スカレーターを上っていくのを見るに、流行《はや》っているのは本当らしい。

「人間は陸上生物だ。なのにわざわざ水だらけの場所にやってきて身体《からだ》にかかる抵抗をたのしもうなんてやつはマゾヒストにちがいない。人類みなマゾ」

「おい、おまえが出てるぞ。彩音《あやね》さん」

「おっと」

彩音《あやね》はまた顔を手で覆って仮面を被《かぶ》る。

そのとき。

「相馬《そうま》くーん！　彩音《あやね》さーん！」

降りしきるセミの声を切り裂いて、清涼感のある声がオレたちを呼んだ。

見れば、横断歩道の向こうで由衣《ゆい》が手を振っていた。

ノースリーブの白いシャツに青いフレアスカート。

どこかのだれかとちがって、じつに夏のトレンドを感じさせる服装だった。

ほどよく露出された肌が大変ポイント高い。

「ねえ、自分が出てるよ。相馬《そうま》くん」

「どこに？」

「鼻の下がだるんだるん」

「おっと」

オレは顔のまえに手をかざして幸太郎《こうたろう》の仮面を被《かぶ》り直す。

そしてさわやかな笑顔で手を振り返そうとして、由衣《ゆい》の隣に幸太郎《こうたろう》がいることに気がついた。

二人は仲良く手をつないでいた。

指と指を絡《から》めて、恋人つなぎというやつだった。

「……うらやましい」

「……うらめしい」

歩行者信号が青に変わり、二人がオレたちのところまで駆けてくる。

「ごめん、待った？」

「いや、今きたばかりだよ」

「そうなんだ。よかった」

「アミーゴ！」

幸太郎《こうたろう》が白い歯を覗《のぞ》かせて笑いながらオレたちに向かって親指を立てる。

距離感にそぐわない、耳が痛くなるくらいの大きな声だった。

「ア、アミーゴ！」

負けじとオレも親指を立ててそれに応える。

すぐに由衣《ゆい》が怪訝《けげん》そうな顔をするのがわかった。

「……相馬《そうま》くん。なにかあった？」

「いや？　なにもないけど。どうして？」

「ううん」

オレは由衣《ゆい》に向かってニッと笑いかける。

由衣《ゆい》は苦笑いをこぼしていた。

「…………こ、こうたろぉー」

彩音《あやね》はまたオレの後ろに隠れて小さくなっていた。

オレは腕にしがみついている彩音《あやね》のことを振り払う。

よろよろとよろけた彩音《あやね》が幸太郎《こうたろう》のまえに躍り出る。

そして、二人の目が合った。

「…………わたしは百瀬由衣《ももせゆい》……わたしは百瀬由衣《ももせゆい》………」

自分の顔を手で覆ったまま、呪文のように繰り返し呟《つぶや》く彩音《あやね》。

やがて彼女はゆっくりと手を下ろし、じつに自然な顔で幸太郎《こうたろう》に微笑《ほほえ》みかけた。

「こんにちは。こうたろー」

「アミーゴ！　こんにちは、彩音《あやね》さん」

昨日のように明らかなディスコミュニケーションは生じていない。

仮面を被《かぶ》れば、彩音《あやね》はとりあえず幸太郎《こうたろう》とまともに話すことはできるようだった。

「……彩音《あやね》さん。なんか、とってもキレイになったね」

おどろいた様子でそう口にする由衣《ゆい》に、彩音《あやね》はそのままの表情で答えた。

「そうかな？　でもわたし、今、ノーメイクだよ？」

「うん。まちがいない。あとは髪とか服もちゃんとすれば彩音《あやね》さん、絶対モテるよ！」

由衣《ゆい》はうれしそうにぎゅっと彩音《あやね》の手を握る。

彩音《あやね》もまたその手をぎゅうっと握り返す。

「ありがと。がんばってみる。よかったら今度メイクの仕方とか教えてほしいな」

「あー、ごめん。わたしもメイクとかよくわかんなくて。今日もどうせ濡《ぬ》れるしってことで、すっぴん」

「へぇ」

目は大きくて。唇はそこはかとなく桃色で。夏の日差しに映える白い肌をしていて。ノーメイクでこの美貌なのだから、メイクを覚えたら由衣《ゆい》はいったいどれだけキレイになるのだろう？　いや、メイクなんて覚えなくていい。由衣《ゆい》はそのままだからいいんだ。

「じゃあ、いこっか」

「アミーゴ！」

由衣《ゆい》は幸太郎《こうたろう》と手をつなぎ直してエスカレーターを上っていく。

「……………うげへぇ……！」

被《かぶ》っていた仮面を捨てて、彩音《あやね》がどっと疲れた顔をする。

気持ち悪そうに青ざめて、ペラペラと言葉を並べた自分を慰めるように喉を擦っている。

「さっきのはかなり似てたぞ。由衣《ゆい》が二人いるみたいだった」

オレは丸められた彩音《あやね》の背中をさすってやる。

「………ペラペラ言葉の使い手め。息吐くようにウソ吐きやがって。なにがノーメイクだ」

「彩音《あやね》さん」

「わかってるよ、相馬《そうま》くん！」

こみ上げてくる吐き気をぶつけるように名前を呼んで、彩音《あやね》はオレの手をグイと引っ張りエスカレーターに乗り込む。

まえの二人と同じように手はつながっているけれど、オレと鳩羽《はとば》を見て仲が良さそうだと思うヤツはいないだろう。

見つめ合って笑い合っている由衣《ゆい》と幸太郎《こうたろう》。オレたちの視線はずっとその背中に注がれていた。

†

プールへの入場を済ませたオレたちは男女で分かれ、更衣室で着替えを済ませる。

幸太郎《こうたろう》の腹筋は見事に割れていた。

腕も、足も、トクトクと筋肉が滑らかに脈動している。

中肉中背。スポーツとは縁遠い生活を送ってきたオレとは比べるのもバカバカしく思えてしまう。

更衣室にいた連中はみんな幸太郎《こうたろう》の身体《からだ》に見惚《みと》れていた。

ここでもまた幸太郎《こうたろう》は見ず知らずの相手で「輪」を作り、その中心に立っている。オレはそのおまけみたいな立ち位置だ。

「幸太郎《こうたろう》はさ。由衣《ゆい》と付き合ってるんだよな？」

「ああ。二か月前から」

「その……好きなんだよな？　やっぱり」

「ああ」

パンツを下ろしたまま、一瞬の躊躇《ためら》いも挟むことなく幸太郎《こうたろう》は頷《うなず》いた。

幸太郎《こうたろう》の股間を目《ま》の当《あ》たりにして「幸太郎《こうたろう》の輪」がざわついていた。

水着に着替えたオレたちは輪から抜け出してプールのほうへと向かった。

†

プールは人の活気で溢《あふ》れていた。

流れるプールでは詰め込まれた人間が寿司《すし》のように回っていて。ウォータースライダーには長い待機列ができていて。カラフルなパラソルが咲いたデッキブースはどこも満席になっている。

だれもがみんな、たのしそうな顔をしている。

「…………」

いったいここにいるうちの何人が本心から笑っているのだろう？

オレには、ろくに身動きもできないような状態で水に流されたり、一瞬の滑走のために長々と並んだり、ただイスに座ってそれらを眺めているのがたのしいことだとは思えない。

もちろん、それをたのしいと思える人種がいることは理解している。

けれど、ここにいる全員が本当にそうなのだろうか？

この広いプールにいるすくなくとも何人かは、本心を隠してたのしそうにしているだけなんじゃないのか？　たのしい顔をしていないと周りから浮いてしまうから、自分の真相を隠しているんじゃないのか？　そういう欺瞞《ぎまん》に気づくことすらできないほど、分厚い仮面を被《かぶ》ってしまっているんじゃないのか？

そんなことを考えていると、眉間にだんだんとシワが寄っていく。

「………人間がうるさい」

「にぎやかだね。いいことだ」

「あ、ああ。いいことだ」

──ダメだダメだ。

オレは幸太郎《こうたろう》になるんだ。オレがどう思うかなんて忘れろ。

幸太郎《こうたろう》がどう思うかを考えて、それをオレ自身の考えにしろ。

「みんな、たのしそうだな」

「うん」

「いいことだよな？」

「ああ。もちろん」

そうだ。みんなたのしそうにしている。それはいいことなんだ。

本当はちっともたのしんでいなかったとしても。

「おまたせー！」

オレが自分にそう言いきかせていると、着替えを終えた由衣《ゆい》と彩音《あやね》が女子更衣室から出てきた。

こちらに向かって手を振る由衣《ゆい》の胸が、はずんでいた。

フリルがついた水玉模様の青いビキニが揺れて。薄く透ける生地でできたパレオが翻《ひるがえ》ってハリのある太ももがちらりと覗《のぞ》き。夢にまで見た百瀬《ももせ》由衣《ゆい》の肌が、不用心なくらいに晒《さら》されていた。

……ああ、ヤバイ。

プールって、やっぱりけっこういいところかも。

「…………変、かな？」

オレのまえで由衣《ゆい》が小首を傾《かし》げる。

オレはそのまま外れて飛んでいってしまいそうな勢いで首を横に振った。

「よかった。相馬《そうま》くんが変な顔してるから」

「……鼻の下、伸びてたか？」

「うん。今も伸びてる」

「なるほど」

と、オレが顔を背けた先には、スクール水着を身につけた彩音《あやね》がいた。

胸には『6年2組　鳩羽《はとば》』と書かれていた。

たぶん小学生のときに使っていたやつだろう。

高校生になってもそれを着られてしまうくらい、彩音《あやね》の身体《からだ》は起伏を欠いていた。

彩音《あやね》は幸太郎《こうたろう》の鍛え上げられた身体《からだ》を見て、またリンゴのように顔を赤くする。

それからはっと思い出すようにオレのほうへと視線を向けると、忍者のような足取りで駆けてきて、オレの背中に隠れた。

「…………わたしは百瀬由衣《ももせゆい》……わたしは百瀬由衣《ももせゆい》…………」

6年2組
鳩羽

彩音《あやね》はぶつぶつと呪文を唱えながら顔を手で覆って仮面を被《かぶ》る。

オレも、由衣《ゆい》を見ても鼻の下を伸ばしてしまわないように仮面を被《かぶ》る。

「キレイだよ、由衣《ゆい》」

「うん、ありがと。幸太郎《こうたろう》」

「こちらこそ。ありがとう」

オレたちが必要な儀式を行っている間にも、二人のそんな会話がきこえてくる。

ギリギリと歯ぎしりをしながら、オレも仮面を被《かぶ》って彩音《あやね》に言ってみる。

「キレイだよ、彩音《あやね》さん」

「うん、ありがと。相馬《そうま》くん」

棒読みだった。

互いに視線は完全に意中の相手へと向いていた。

「じゃあ、いこうか。アミーゴ!」

そういって、幸太郎《こうたろう》は大勢がたのしそうにはしゃいでいる屋外プールに背を向けて歩き出す。

「ここで遊ぶんじゃないのか?」

「ちょっと先約があってね」

「先約?」

幸太郎《こうたろう》が向かったのは、離れにある二十五メートルプールだった。

コースロープで六レーン確保されているものの、人の数はまばらで、だれも泳いでいないレーンが二つもあった。

そりゃそうだ。

ただ泳ぐだけならこんなレジャー施設にこなくても、市民プールで事足りる。

「アミーゴ！」

幸太郎《こうたろう》は端のレーンでビート板を持って泳いでいる少年に向かって手を振った。

少年はゴーグルを外すと幸太郎《こうたろう》に向かってうれしそうに手を振り返す。

軽くストレッチをしてから華麗なフォームでプールの中へと飛び込んだ幸太郎《こうたろう》は、彼の手を引いて泳ぎの手ほどきを始めた。

「ごめんね。わたしも今朝きかされたんだけど、幸太郎《こうたろう》、なんか親戚の子どもに泳ぎを教える約束してたらしくてさ」

オレの隣で由衣《ゆい》が申し訳なさそうに頭を下げて手を合わせる。

「相馬《そうま》くんと彩音《あやね》さんは向こうで遊んでてくれていいから」

「由衣《ゆい》は？」

「わたしは……応援」

「応援？」

「幸太郎《こうたろう》をひとり放っておくのもなんだかなーって思うし。わたし、がんばってる人を見るの、けっこう好きだからさ」

そういって由衣《ゆい》はコースの先に立ち、幸太郎《こうたろう》に手を引かれている子どもに声援を送っていた。

「……向こうで遊んでて、か」

オレは後ろで立ち尽くしている彩音《あやね》に言う。

「オレと遊ぶか？　彩音《ㇾㇾ》さん」

「冗談だろ？」

「ああ。冗談だ」

オレは彩音《あやね》とここへ遊びにきたわけじゃない。

すこしでも幸太郎《こうたろう》に近づけるように、幸太郎《こうたろう》の真似《まね》をしにきたんだ。

幸太郎《こうたろう》がウォータースライダーを滑ってたのしそうな声を上げるならオレもそうしようと思っていたが、他人に泳ぎを教えるのなら、オレだってそうするだけだ。

「……ア、アミーゴ！」

オレはプールで泳いでいる人間たちに向かって手を振る。

「泳げないやつがいたら、オレでよければ、教えて、やれるけど……」

――ばしゃばしゃばしゃ。返ってくるのは水音ばかり。

だれもオレのほうを見ようとすらしない。

「………ダメか」

オレがあきらめて手を下ろしかけたとき。

「よっと」

「ぶわばふっ⁉」

彩音《あやね》に背中を蹴り飛ばされて、オレはプールの中へと落とされた。

ばしゃん、と盛大に水飛沫《みずしぶき》が上がる。

「お、おまえなあ！」

「よっと」

続いて彩音《あやね》もこっちに向かって飛び込んでくる。

鼻を押さえて目を瞑《つぶ》った彩音《あやね》はそのまま沈んで浮き上がってこなかった。

「ごぼぼぼぼ……！」

オレは水中でもぐらのようにもがいている彩音《あやね》のことを引き上げる。

「………おまえ、もしかして泳げないのか？」

彩音《あやね》はぶるぶると頭を振って水気を飛ばしてからガクンと頷《うなず》いた。

「だから、教える相手ならここにいる」

「いいのか？　おまえも由衣《ゆい》を真似《まね》てだれかを応援したほうが由衣《ゆい》に近づけるんじゃ……」

「幸太郎《こうたろう》のほうはあの女ひとりで事足りてる。他にわたしの応援を必要としているやつもいない。だからそっちに付き合ってやる」

「そりゃどうも」

案外やさしいところもあるやつだなと思った。

「じゃあ、まずはバタ足から始めてみるぞアミーゴ」

「相変わらずアミーゴの使い方が下手」

そんなダメ出しをくらいながら、オレは彩音《あやね》に泳ぎ方を教えていった。

†

彩音《あやね》が泳げないのは演技ではなく本当のようで。水をどっかんどっかん跳ねるばかりの彼女は、オレが手を引いてやらないとすぐに水底へと沈んでいった。

一方、幸太郎《こうたろう》のほうはすこぶる順調で。はじめはビート板を使っていたはずの子どもが、幸太郎《こうたろう》がレクチャーを始めてから三十分もしないうちにひとりで泳げるようになっていた。

それどころか一時間もすると彼は本格的なバタフライをマスターし、二時間もすればレーンの端から端まで息継ぎなしで泳ぐことができるようになっていた。

もはやそれは上達というより進化の域だった。

いったいなにをどう教えたらそんな成長をするのかわからなかったけれど、その変化には周囲もおどろいていて。目を見張るプール者たちによってここでもまた「幸太郎《こうたろう》の輪」ができあがっていた。

「向こうはチートじみたレベルアップを繰り返してるぞ」

「うるさい。鷲谷《わしや》の教え方が悪いんだ」

ぎゅっと目を瞑《つぶ》ったまま顔を上げた彩音《あやね》が言う。

「いや、どう考えてもあっちが異常なだけだろ。こっそりヤバいクスリでも注射してるんじゃないのか？」

「幸太郎《こうたろう》はそんなことしない」

「わかってるよ」

べつに彩音《あやね》の覚えが特別悪いわけじゃない。

ずっと泳げなかったやつにどんな名コーチがついたところで、ふつうはそう簡単に泳げるようになったりしないんだ。

「あの子ども、ホントは最初から泳げたんじゃないのか？」

どうにも納得できない気持ちを呟《つぶや》くオレに、彩音《あやね》は言った。

「気が乗らないなら、由衣《ゆい》に教えてると思えばいい」

「由衣《ゆい》に？」

「そしたらもうちょっと真剣になるだろ」

「べつにテキトーにやってつもりはないんだけどな」

「いいから」

「おまえも幸太郎《こうたろう》に教えられていると思ってやるのか？」

「わたしはもうやってる」

「……わかったよ」

オレはつないでいる手を自分の顔のまえにかざす。

そうして幸太郎の仮面を被《かぶ》り、仮面の向こうでバタ足を続けている彩音《あやね》を由衣《ゆい》だと思い込んでみる。

「じゃあ、由衣《ゆい》」

「うん」

「おまえは……キミは水に対する苦手意識のせいで泳いでいるときずっと目を瞑《つぶ》っているけれど、その緊張のせいで全身が固くなってるんだ。だから息継ぎのときくらいは目を開けてみるといいよ」

「目を開けてもどこを見ればいいのかわからない」

「なら、こっちを見ればいい」

「幸太郎《こうたろう》を？」

「ああ。オレを……僕を見て泳げば、きっと水も苦手じゃなくなるよ」

「………でも、ずっと目を合わせているのは恥ずかしい」

「どうして？」

「高校生にもなってスクール水着なんて変だって……幸太郎《こうたろう》は思ってる」

「そんなことないよ」

たしかに、ふつうは身体《からだ》の成長とともに身につけるものも変わっていくから、未《いま》だに小学生のときの水着を着られる彼女は変わっている。

けれど幸太郎《こうたろう》になりきってみると、それも立派な個性だと、素直に彼女のことを尊重することができた。

変わってはいても、全然「変」なんかじゃないと、偽りなく思えた。

「似合ってるよ。スク水」

「…………バカにしてる」

「本心さ」

水中から顔を上げた彩音《あやね》が、瞑《つぶ》っていた目を開き、じっとこっちを見つめてくる。

「…………」

「…………」

彩音《あやね》の瞳にオレの顔が映り、オレの瞳に彩音《あやね》の顔が映る。

ボザボサに跳ねていた向日葵《ひまわり》色の髪は水に濡《ぬ》れたことでまっすぐ下りて。スッキリとまとまった彼女の印象はまたもやガラリと変わり。クマもなく、髪もキレイに流れている彼女は、まるで由衣《ゆい》のように――――。

「ねえ、お姉さん」

と、ふいに隣のレーンから彩音《あやね》のことを呼ぶ声がした。

声の主は幸太郎《こうたろう》に教えられていた少年のようだった。

ようだった、というのは、彼の態度が数時間前と比べてあまりにも様変わりしているからだった。

はじめて目にしたときはビート板に頼りながらバタ足をがんばっていた健気《けなげ》な子どもだったはずなのに。今では悠々と頭の後ろで両手を組み、ソファーでくつろぐみたいに膝を立てて水面に浮いている。

「よかったら、ボクと勝負してみませんか？」

くるりとその場で回り、組んでいた手をコースロープの上に乗せて少年は言った。

彼はじつに子どもらしい、幼気《いたいけ》な笑みを浮かべていた。

――でも、オレにはわかった。

その笑みは、彼が被《かぶ》った仮面なのだと。

彼が親しげな笑みで――いかにも年上への敬意でもありそうな表情で隠しているのは――

「嘲笑」だった。

「ボクも今日まで全然泳げなかったんです。だけど幸太郎《こうたろう》さんに教えてもらったおかげで、ちょっとは泳げるようになったんですよ」

なにがちょっとだ。

大人が顔負けするようなバタフライでコースを往復していたくせに。

「だからお互いコーチングを受けた初心者同士、お姉さんと勝負してみたいなーって、思ったり。いや、まあ、ボクが勝てるわけないんだけど」

そういってオレを一瞥《いちべつ》する少年の口元はひくついていた。

幸太郎《こうたろう》とオレを比較してふき出しそうになるのを必死に堪えているようだった。

というか、この子ども……こんなに性格悪いやつだったのか……。

「……悪いけど、まだこいつは勝負どころか、ひとりでまともに泳ぐことも──」

「やる」

「は？」

オレの手を放し、手すりを摑《つか》んで彩音《あやね》はプールサイドへと上がる。

「おい、バカ。なにムキになってるんだよ」

「わたしだって練習した。負ける気はしない」

いったいどこからそんな自信が湧いてくるのかわからない。

勝負になんてならないのは明らかなのに。

「僕もやめたほうがいいと思うな」

子どもの隣に水中からにょきっと現れ出た幸太郎《こうたろう》が言う。

「彩音《あやね》さんのほうもときどき見ていたけど、この子と競うのはまだ早い気がする」

「ほら、幸太郎《こうたろう》もこう言ってるんだ。よかったな、おまえのことを見ててくれたんだってよ」

「わたしも、ずっと幸太郎《こうたろう》のことを見てた」

そう、幸太郎《こうたろう》に向かって、彩音《あやね》は言った。

「だから、ここで勝負を下りるわけにはいかない。わたしだって同じように教えられたんだから、そこまで差がつくはずはない」

そう語る彩音《あやね》の目には、なにか、決意のようなものが宿って見えた。

単なる負けず嫌いというわけではなさそうだった。

なら、いったいなにがここまで彼女を意地にさせているのだろうと考えて。

そして、はたと気づいた。

「…………もしかして、オレのためか？」

「べつに」

「オレが幸太郎《こうたろう》としておまえに泳ぎを教えたから……」

「勘ちがいするな。わたしが勝負するのは、わたしのためだ」

「どこが？」

「だれかを思って笑い、だれかを思って泣く由衣《ゆい》なら、だれかを思って怒るはずだから。わたしに付き合ってくれた鷲谷《わしや》のことも笑っているみたいなあのクソガキを、きっと由衣《ゆい》なら許さない。わたしなら一緒になっておまえの指導力不足を笑うけど」

「…………」

由衣《ゆい》なら、たしかにそういう反応をするのかもしれない。

オレのことを慮《おもんぱか》り、失礼な子どもの態度に腹を立てて、彼を叱ってやるのかもしれない。

そんな由衣《ゆい》に近づくために――由衣《ゆい》らしくあるために勝負を引きうけるのだという彩音《あやね》の理屈はわかった。

オレのために怒れる自分になろうとしているという言い分もわかった。

だけど、わからなかった。

――ありのままの鳩羽《はとば》彩音《あやね》は、はたして本当にオレのことを笑うのだろうか？

「ただの勝負じゃつまらない。賭けをしようよ、お姉さん」

イルカのように華麗なジャンプでプールサイドへと上がった少年が言う。

「勝ったほうの〝おねがい〟をなんでもひとつきく、とか」

「うん。それでいい」

「おい、彩音《あやね》！」

たしなめるようにオレの名前を呼んで、彩音《あやね》は自分の顔を手で覆う。

そしてゆっくりとその手を下ろして言った。

「今のわたしは彩音《あやね》じゃなくて、由衣《ゆい》だよ」

「………ッ」

「だから、幸太郎《こうたろう》」

まっすぐな目でオレを見て、彩音《あやね》は言う。

「わたしがゴールするのを、向こうで待ってて」

「ああ、わかったよ。アミーゴ」

返事をしたのはオレではなく、本物の幸太郎《こうたろう》だった。

幸太郎《こうたろう》はコースの向かいにスイスイと泳いでいく。

ずっと立ち尽くしているオレにギャラリーがブーイングをとばしてくる。

いつのまにか屋外のプールではしゃいでいた連中までもが「幸太郎《こうたろう》の輪」としてプールサイドに集結していた。

本来ならただの遊びでしかないレースも、幸太郎《こうたろう》が教えた子どもが出るとなれば否応《いやおう》なく観衆を集めてしまう。

学校の外でも、幸太郎《こうたろう》はそれだけの影響力を持っている。

「鷲谷《わしや》」

「…………」

しかたなくオレは幸太郎《こうたろう》のあとを追った。

「なんか、すごいことになっちゃったね」

プールから上がった幸太郎《こうたろう》とオレを迎えながら、由衣《ゆい》が心配そうな顔で周囲を見やる。

「アミーゴ。こんなつもりじゃなかったんだけどなあ」

プールサイドは異様な熱気を帯びていた。

老若男女《ろうにゃくなんにょ》。人間が群れを成し、勝負に臨む二人に向かって熱い声援を送っている。

――どっちもがんばれー。

――自分には負けるなー。

――きっとやればできるー。

健全で清々《すがすが》しい言葉は、清々《すがすが》しいほど薄っぺらい顔で口にされていた。

集団感染したような笑みの裏で、みんな一様に口元をひくつかせている。

彩音《あやね》を一瞥《いちべつ》しては、エールを送ったその口に嘲りを含んであの子どもと同じように笑っている。

そろいもそろって、彩音《あやね》のことを笑っている。

「……気持ちわるい……」

「大丈夫？　相馬《そうま》くん」

「……なんとか」

丸めた背中を由衣《ゆい》にさすってもらいながら、オレは彩音《あやね》のほうに目を向ける。

彩音《あやね》はスタート台の上で不安を紛らわすように深呼吸をしていた。

「……くそ……」

いったいどうするのが正解なのか、オレにはわからない。

だれにでもやさしい幸太郎《こうたろう》なら、彩音《あやね》の言葉を信じてここで彼女がゴールするのを待ち続けるのだろうか？

それとも、困っている人を見つけると必ず助ける幸太郎《こうたろう》なら、プールサイドに渦巻く熱気を冷まして、こんな勝ち目のない勝負をやめさせるのだろうか？

どちらが幸太郎《こうたろう》として正しいのか。

どちらが人間として正しいのか。

知りたくて。教えてほしくて。オレは隣に立つ幸太郎《こうたろう》の顔を覗《のぞ》き見た。

「なんだかよくわからないけど、盛り上がってるのはいいことだね。アミーゴ」

幸太郎《こうたろう》は笑っていた。

周囲をぐるりと見回して、呑気《のんき》に白い歯を覗《のぞ》かせて笑っていた。

たのしそうに。うれしそうに。幸せそうに。笑っていた。

「…………はあ?」

いったいなにを言っているのかわからなくて。

どう考えたらそんな結論を導き出せるのかわからなくて。

オレは幸太郎《こうたろう》の顔を覗《のぞ》いたまま、固まってしまった。

幸太郎《こうたろう》が浮かべている笑みは他のやつらとはちがっていた。

そこにはウソや偽りの陰がない。

本心から〝そう思っている〟人間の顔だった。

一枚の仮面すら被《かぶ》ることなく、幸太郎《こうたろう》は笑っていた。

だからこそ、オレにはわからなかった。

能天気に、楽観的に、バカ正直に、この状況をいいことだと思えてしまう、藤峰幸太郎《ふじみねこうたろう》という人間のことが。まったく理解できなかった。

「──本物のバカって、いるんだよ」

「………え？」

すぐ近くで、聞き覚えのある声をきいた気がした。

どこかできいたことがあるようで、だけど一度もきいたことがないような——ゾッとするほど冷たい声だった。

「それじゃあ、いくぞ、二人とも！」

それがだれの声だったのかたしかめる間もなく、幸太郎《こうたろう》が対岸の二人に向かって叫ぶ。

『——スリー、トゥー、ワン——』

幸太郎《こうたろう》の輪が一帯となり、全員でカウントダウンをコールする。

『——アミーゴ!!』

放たれた矢のようにまっすぐプールへと飛び込んだ少年が、勢いよく水を跳ねる。

「はっ！　はっ！　ははっ！　ははは っ！」

息継ぎとも高笑いともつかない少年の声が館内に響き、掻《か》き捨てられた大量の水が飛沫《しぶき》となって舞い上がる。

その度に「幸太郎《こうたろう》の輪」が喝采をあげる。

そして少年はトビウオのようにザバンとプールから飛び上がると、幸太郎《こうたろう》の隣で勝利のポーズを決めた。

「おめでとう！　キミの勝ちだ、アミーゴ！」

館内に集った「幸太郎《こうたろう》の輪」が割れんばかりの拍手を送る。

幸太郎《こうたろう》も笑顔で少年の健闘を称《たた》えていた。

オレはそんな祝福の輪から外れて彩音《あやね》のことを探していた。

確認してみたところ、既に水中には飛び込んだあとだった。

けれど、おかしい。

どれだけ待ってみても、水上に彩音《あやね》が浮かんでくる気配がない。

なのにだれもあいつのことを気にかける素振りもない。

「………相馬《そうま》くん！　あそこ！」

と、由衣《ゆい》が水中を指差したときにはもう、オレはプールの中へと飛び込んでいた。

彩音《あやね》は、飛び込んですぐのところで溺れていた。

「………ッ！」

最初からこうなることはわかっていただろうに。意地を張って勝ち目のない勝負なんかして。

バカみたいだ。そんなやつを助けるために飛び込んでいるオレもバカみたいだ。幸太郎《こうたろう》を真似《まね》るはずが、結局自分の感情で動いてしまっている。

「………ッ！」

溺れている彩音《あやね》を見つけたとき、それを幸太郎《こうたろう》に知らせるのが最適解だった。

そうして幸太郎《こうたろう》がどう動くのかを見て、それを真似《まね》すればよかったのに。

溺れているあいつを見つけた瞬間、身体《からだ》が勝手に動いてしまっていた。

「……………ぶ、ばあ………！」

大量の空気を吐き出して彩音《あやね》が水中で仰向けになる。

彼女の身体から急速に酸素が失われていく。

オレは必死に水を掻《か》きわけて泳ぐ。

息継ぎよりもはやく彼女の名前を呼びながら。

「…………」

遠のいていく意識の中で彩音《あやね》がこちらに顔を向ける。

オレはそんな彩音《あやね》に向かって手を伸ばす。

その手が、溺れる彼女に届きかけたとき。

背後からやってきたものすごい勢いの水流に、オレの身体《からだ》は飲み込まれた。

「――アミーゴ！」

颯爽《さっそう》とオレを抜いていった幸太郎《こうたろう》が、彩音《あやね》の身体《からだ》を抱えて水上に飛び上がる。

プールサイドに打ち上げられた彩音《あやね》は苦しそうに咳《せ》き込んで、飲み込んでしまった水を吐き出していく。

「……………ごほっ、ごほっ！」

弱った彼女の背中をやさしくさする幸太郎《こうたろう》。

やがて落ち着いた彼女は薄く目を開けて、自分を抱えている人物を見つめる。

そして戸惑いと恥じらいを顔に浮かべながら、たしかめるようにその名を呼んだ。

「………こ、こうたろぉ……？」

「大丈夫かい？　彩音《あやね》さん」

「……こうたろーが、助けてくれたのか？」

「ああ。まあね」

そういって、幸太郎《こうたろう》は彼女の頭をやさしく撫《な》でながら笑いかける。

勝負に沸いていた「幸太郎《こうたろう》の輪」は、一転してドラマチックな救出劇に喝采をあげていた。

「……そうか」

彩音《あやね》はすこしだけ不思議そうな顔をしていた。

けれどやがて状況を理解すると、頬を赤く染めて笑みをこぼした。

「……ありがとう。幸太郎《こうたろう》。すごく、うれしい」

その笑みは由衣《ゆい》のようにやわらかく、自然で、どこにもおかしなところがない。心まで解きほぐされたような笑みだった。

そうして和やかに笑い合う二人を、オレはひとり、水中から見上げていた。

「……………」

由衣《ゆい》のようになって笑う彩音《あやね》と、そんな彼女を助けた本物の幸太郎《こうたろう》。

結果的にではあるけれど、彩音《あやね》にとってもそう悪くない展開になっていた。

だからオレはそれを称《たた》えてやるべきなのに。

幸太郎《こうたろう》なら素直によろこんでやれるはずだし、オレにだってすくなくともそれくらいの良心はあると思っていたのに。


——胸のどこかが、膿《う》んでいくように痛んでいた。


落ちてくる水飛沫《みずしぶき》が作る波紋の向こうで見つめ合う二人を直視していると、ひどい吐き気に苛《さいな》まれる。

劇的に距離を縮めた彩音《あやね》と幸太郎《こうたろう》に——オレはたぶん、嫉妬していた。

そんな自分に気がついて、オレはほとほと「ありのままの自分」というやつに嫌気が差した。

こんな「オレ」なんてはやく消し去ってしまおうと、心に誓った。

†

それから。

下卑た顔で「おねがい」を考えていた少年を由衣《ゆい》がうまく手なずけ、結局缶ジュース一本に彼の「おねがい」は消費された。

少年はオレンジジュースをごくごく飲み干すと、由衣《ゆい》と彩音《あやね》の身体《からだ》をまんじりと見比べながら帰っていった。

幸太郎《こうたろう》も、由衣《ゆい》も、そんな彼に笑顔で手を振っていた。

オレも二人を真似《まね》て少年に手を振る。

「また遊ぼう」と口にして、心を言葉に同期させる。

その場で顔をしかめているのは彩音《あやね》だけだった。

やがて由衣《ゆい》が「ふう」とくたびれた様子で息を吐いたところで幸太郎《こうたろう》が「そろそろ帰ろうか」と口にして、今日は解散することになった。

時計の針は午後六時を指していた。

オレと幸太郎《こうたろう》はシャワーを浴びて、身体《からだ》についた水を拭き取りながら談笑する。

「アミーゴ。いろいろあったけど、今日もたのしかったね。相馬《そうま》くん」

「ああ、そうだなアミーゴ。みんな笑ってて、思わずオレもたのしくなってたよ」

「うんうん。みんなが笑顔でいると、自然と自分も笑顔になっちゃうよね」

「うんうん。わかる。みんなが笑っていたらそれだけで全部いいことになるよな」

オレは幸太郎《こうたろう》の思想をトレースすることに努めた。

そうして〝ちっともそう思わない自分〟に上書き処理を施していった。

「それにしても、今日の彩音《あやね》さんにはおどろかされたな」

「あー。たしかに。まさかあんな勝負をうけるなんてな」

「それもあるけど、あの水着も」

「水着?」

「スクール水着。まさか高校生にもなってアレを着てくるなんてね」

当然だ。幸太郎《こうたろう》はおかしそうに笑っていた。

幸太郎《こうたろう》も由衣《ゆい》と同じく仮面を被《かぶ》っていない——おかしいときにだけ笑うノーメイクなやつなのだから。

「あれ、そんなにおかしかったかな?」

たしかにオレも最初はびっくりした。

でも、幸太郎《こうたろう》の仮面を被《かぶ》ってみたら、あの水着を変だなんて思わなくなっていた。

あれを着てくるところも含めて、ありのままのあいつなのだと受け入れることができたから。

「いや、そりゃあ、変だよ。小学生じゃないんだから」

頭の奥にノイズが走る。

オレや彩音《あやね》がイメージしていた幸太郎《こうたろう》と、今オレが話している幸太郎《こうたろう》に、微妙なズレを感じる。

オレは顔のまえに手をかざして、それをゆっくり下ろしていく。

そうして被《かぶ》っていた仮面を脱いで、尋ねてみた。

「……なあ、幸太郎《こうたろう》は彩音《あやね》のこと、どう思ってるんだ？」

「どうって？」

「告白、されたんだろ？」

「告白？」

幸太郎《こうたろう》は履きかけのパンツから手を放して、考えるしぐさをする。

「……………あれは…………告白だったのだろうか？」

「……どういう意味だ？」

「自分と付き合えるかどうかきかれたから、ムリだって答えた。話したのはそれだけ。彩音《あやね》さんから好意を伝えられたりはしていないよ」

それに、と幸太郎《こうたろう》は続ける。

「僕には彩音《あやね》さんに特別な感情を寄せられる理由に覚えがない」

「消しゴム拾ってもらったって」

「消しゴム？」

しばらくの間を置いて、幸太郎《こうたろう》は「ああ」と思い出したように頷《うなず》いた。

「僕と彩音《あやね》さんは席が近くてね。落ちたのが足下に転がってきたから。そりゃあ、拾うよ」

「お礼、言えなかったんだってな」

「ああ」

消しゴムを拾ってもらったくらいのことではお礼を言えない彩音《あやね》を、幸太郎《こうたろう》は笑って許した。

そして自分の名前を呼ばせることでお礼の代わりにしてやった。

そう、彩音からきいている。

「正直、どうかと思うけどね」

「え？」

「だってそうだろ？　せめて『ありがとう』くらいはあってもいいと思うんだ」

「……それを言いたくない、あいつの気持ちを汲《く》んでやったんじゃ……」

「お礼を言いたくない気持ちなんてあるのかい？」

「……」

「すくなくとも僕は些細《ささい》なことにでも逐一感謝を伝えたいし、伝えるようにしているよ。由衣《ゆい》もそうだ。だから僕たちの間ではたくさんの『ありがとう』が生まれるんだ。互いに互いを尊重し合っているからね」

「………へえ。それは……なんというか………」

——薄っぺらくて、気持ちわるい。

「いいことだな。とっても尊い関係だと思うよ」

「アミーゴ！　そういってくれてうれしいよ！　ありがとう！」

幸太郎《こうたろう》がオレのほうに手を差し出してくる。

オレはその手を軽く握った。

「どういたしまして。今日は一緒に遊んでくれてありがとう。アミーゴ」

「アミーゴ！　こちらこそ、どういたしまして！」

幸太郎《こうたろう》が白い歯を覗《のぞ》かせて笑いかけてくる。

オレも同じように笑ってみせる。

くだらない自分が、すこしずつ摩滅していくようだった。

覚えた違和感が、感じた認識のズレが、徐々に薄らいでいく。

すこしずつ「幸太郎《こうたろう》」が「自分」に馴染《なじ》んでいくのがわかる。

「それじゃあ、いこうか」

「なあ、幸太郎《こうたろう》」

着替えを済ませて更衣室から出ていこうとする幸太郎《こうたろう》に、オレは尋ねる。

「じゃあ、あいつに名前を呼ばせたのはどうしてなんだ？」

「あいつって？」

オレたちの間に沈黙が下りた。

「どうかしたのかい、相馬《そうま》くん？」

「…………いや」

容易に想像できることだった。

──全部あいつの勘ちがいだってことくらい。

幸太郎《こうたろう》が彩音《あやね》に自分の名前を呼ばせたことに自己紹介以上の意味はなくて。幸太郎《こうたろう》が〝だれにでもやさしくて、困っている人を見ると必ず助ける人間〟だったから彩音《あやね》は世話を焼かれただけで。あいつが感じた「運命の出会い」なんて他のやつもあたりまえに経験していて。たまたまあいつが十五年もそういう好意に触れてこなかったから幸太郎《こうたろう》の言動を難解に捉えちがっただけで。彩音《あやね》は幸太郎《こうたろう》にありのままでいることを許されたのではなく、礼のひとつも言えないダメな人間として見限られただけなのだと、幸太郎《こうたろう》の話をきいていれば殊更にたしかめるまでもなくわかってしまった。

だって、彩音《あやね》の中では尊い思い出として輝き続けている出来事は、幸太郎《こうたろう》にとってはだれの話かも思い出すことができないほど、ありふれたものなのだから。

「……幸太郎《こうたろう》はさ。彩音《あやね》の気持ちとかって、考えたことあるのか？」

「お礼を言えない気持ちってやつかい？」

「他にも。あいつが変わろうとしてる理由とか」

「ああ、そういえば今日の彩音《あやね》さんはいつもよりキレイだって由衣《ゆい》が言ってたな」

「言ってたって……幸太郎《こうたろう》も見てただろ？」

「うーん……」

唸《うな》りながら首を捻《ひね》って、すこし。

「…………ダメだ。考えてみたけど、やっぱり僕にはわからないや」

幸太郎《こうたろう》はわずかばかり残念そうな顔をして言った。

彩音《あやね》に対する幸太郎《こうたろう》の気持ちなんて所詮その程度なのだろうとオレは思った。

べつにそれでいいと思う。

好きでもないやつへの気持ちなんてだれだってその程度だ。

──だけど、幸太郎《こうたろう》はちがうのかと思っていた。

いろんな難しさを抱えているやつの気持ちをすべて完璧に理解したうえで正しく「やさしさ」を行使することができるのが藤峰幸太郎《ふじみねこうたろう》なのかと思っていた。

すくなくとも、彩音《あやね》にきかされたイメージではそうだった。

もし幸太郎《こうたろう》が本当にそんな菩薩《ぼさつ》みたいなやつだったとしたら、オレが成り代わるのは困難を極めていただろう。

でも、そうじゃなかった。

──藤峰幸太郎《ふじみねこうたろう》は、だれにでもやさしくしているだけで、だれにでもやさしいわけじゃない。

「……案外、ペラいんだな」

「え？」

「なんでもない。いこうぜ。アミーゴ」

オレは幸太郎《こうたろう》よりも先に更衣室を出た。

しばらくすると彩音《あやね》と由衣《ゆい》も更衣室から出てきたので、オレたちはみんなで仲良くエスカレーターを下りてから別れた。

幸太郎《こうたろう》と由衣《ゆい》は昼と同じように手をつないで帰り、オレたちは停留所のベンチでバスを待った。

空はキレイな茜色《あかねいろ》に染まり、夏の蒸し暑さは近づく夜の気配と共に霧散していた。

「……鷲谷《わしや》も、わたしを助けようとしてくれてたんだってな」

ポツリ、と。隣に座った彩音《あやね》が呟《つぶや》くように言う。

「由衣《ゆい》からきいたのか？」

彩音《あやね》はガクンと頷《うなず》いて、スウェットの裾を握りしめる。

「……勝てなくて、ごめん」

「ばーか。あんなドーピングキッズに勝てるかよ。明らかに初心者じゃなかったしな。大方、泳げないフリをすることでいかにも急成長したっぽくみせてイキりたかったんだろうさ。幸太《こうた》郎《ろう》の輪になった連中に」

「……」

「それに、オレたちが勝ちたいのはあんな今日限りのモブじゃないだろ」

「……なあ、鷲谷《わしや》」

ごくりと喉を鳴らして、彩音《あやね》は一度飲み込もうとした言葉を絞り出す。

「………わたしのこと、心配してくれて、ありがとう」

「……え？」

オレはおどろいて彩音《あやね》のほうを見る。

彩音《あやね》はプイとそっぽを向いてオレから視線を逸《そ》らす。

夕日に照らされて、彼女の耳は赤く染まっていた。

恥ずかしそうに唇を結んでそわそわと身じろぎしている。

小さな身体《からだ》で膝を抱えて丸まりながら、照れ隠しみたいに揺れている彼女は、普段の粗暴な印象とはかけ離れて見えた。

「………えっと………」

軽々しく感謝を口にして、大事な気持ちを安売りしたくないと彩音《あやね》は言っていた。

けれど由衣《ゆい》なら小さなことでも逐一感謝を口にする。そう幸太郎《こうたろう》は言っていた。

だから論理的に考えれば、今の彩音《あやね》は由衣《ゆい》の仮面を被《かぶ》っているということになる。

ただ、オレには向けられた言葉が、どうにも借り物の言葉には思えなかった。

「……今の言葉は、どっちのものだ？」

彩音《あやね》がはっと目を大きくするのがわかった。

オレたちの間に長い沈黙が下りた。

夏の虫の声が辺りを喧噪《けんそう》の膜で包み、雑音を世界の外側に締め出している。

やがて、静寂を鳴らす小さなリップノイズがして、彩音《あやね》は口を開いた。

「もちろん、由衣《ゆい》としての言葉だよ。決まってるじゃん」

そういって、彩音《あやね》はそっとオレの手に手を重ねた。

彩音《あやね》ではなく、由衣《ゆい》として。

彼女はオレが恋人の幸太郎《こうたろう》になるのを待っていた。

「……そっか。そうだよな」

彩音《あやね》の言葉をきいてオレは安堵《あんど》する。

大事な言葉を、ぎこちなくでも口にして、精一杯の表現で感謝を伝えようとする彼女の在り方に、オレは尊いものを感じたから。

その気持ちが彩音《あやね》ではなく由衣《ゆい》に対してのものだと理解できて、ホッとした。

「どういたしまして」

オレは顔のまえに手をかざし、幸太郎《こうたろう》の仮面を被《かぶ》って、彼女の手をやさしく握り返した。

計画は順調だ。なにも問題はない。

いけばいい。

彩音《あやね》は由衣《ゆい》になるために、そしてオレは幸太郎《こうたろう》になるために、互いのことをうまく利用して
「なあ、彩音《あやね》さん」

近づいてくるバスをぼんやりと眺めながらオレは言った。

「明日、服でも買いにいこうか」

「……うん」

オレは彩音《あやね》と手をつないだままバスに乗り込む。

そこにはなんの気恥ずかしさもうれしさもなかった。

幸太郎《こうたろう》ならきっとこうするだろうと思ったから。

ただ機械的に、自然と、オレは彩音《あやね》と恋人つなぎをして席についていた。

ガラス窓の向こうで沈んでいく夕日を眺めていると、ふいになぜだかすこし寂しくなった。

自分の中にある感情が、複雑にもつれていくようだった。

僕らは人間性にもオシャレする。

次の日。

オレは彩音《あやね》が知っているショッピングモールで彼女と待ち合わせた。

彩音《あやね》は昨日と同じ、よれよれのスウェットでやってきた。

「今日は時間どおりだな」

「べつにいつも寝坊するわけじゃない」

そういって寝癖まみれの髪をわしゃわしゃする彩音《あやね》をまえにして、オレはため息を吐く。

やっぱり、昨日ふいに生じた感情はただの錯覚だ。

ありのままの彩音《あやね》はまだまだ由衣《ゆい》には程遠い。

そんな彩音《あやね》といて、オレの胸が高鳴るわけがない。

「で？　わざわざこんなとこにきて、なんで服なんか……」

「その喋《しゃべ》り方、直していこうぜ」

「由衣《ゆい》っぽく？」

「そう。オレも、僕でいくからさ」

「わかった」

オレと彩音《あやね》は手をかざし、顔を覆って、世界と自分の間に隔たりを作る。

そうして自分を上塗りする仮面を被《かぶ》り、オレたちは今日も他人に成り代わる。

「じゃあ、あらためて」

コホンと咳払《せきばら》いをひとつして。彩音《あやね》は由衣《ゆい》になって言い直す。

「どうしていきなり服なんか買おうと思ったの？　相馬《そうま》くん」

「外見を意識することも大切なんだって気づいてさ」

幸太郎《こうたろう》はスクール水着を着ている彩音《あやね》のことを「変」だと言っていた。

幸太郎的価値観でいけば、他人の目に無頓着であることは「変」なのだ。

オレも自分を着飾ることは仮面を被《かぶ》るのと同じだと思って、今日まで服やアクセサリーの類には一切関心を持とうとしてこなかった。

だけど、それじゃいけない。

ありのまま生きている由衣《ゆい》だって、服はちゃんと自分に似合うものを身に着けていた。

彼らがそれを当然のこととして行うなら、オレたちもそうするべきなのである。

要は、見てくれを変えることで意識を近づけていこうという話だ。

「いいよ。わかった。まずはどっちのから選ぶ？」

「なら、彩音《あやね》さんのほうからでいいかな？」

「うん」

慣れた手つきで指を絡《から》めて、オレたちは恋人つなぎで歩き出す。

「ねえ、相馬《そうま》くん。二人って、普段はどんな会話をしてるのかな？」

「うーん……どっちかというと、幸太郎《こうたろう》のほうから話し出しそうな気はするよなあ」

「それに由衣《ゆい》が相槌《あいづち》をうつ」

「そうそう」

「じゃあ、なにか話してみてよ」

館内に入り、エスカレーターの一段低いところで彩音《あやね》が小首を傾《かし》げる。

そうやって相手を上目づかいで見つめるのは由衣《ゆい》がよくやる仕草のひとつだ。

「そうだな。じゃあ、付き合ってからしてみたいこと、とか」

「いいね」

「僕は……まあベタだけど、こうして一緒にいろんなところに出かけてみたいな。遊園地とか、お祭りとか、いろいろ。地域のイベントに参加するのもよさそうだ」

「イベントって、たとえば？」

「清掃ボランティアとか、グループホームへの慰問とか、なんでもいいんだけどさ。そういう行事に参加すればいろんな人と関わることができて、いろんな人と仲良くなれるだろ」

「そうだね」

「そうやってどんどんつながりを広げて、たくさんの笑顔を作っていけたらいいなと思ってるんだ」

口にしながら、これはいかにも幸太郎《こうたろう》らしいセリフだと思った。

実直で、まっすぐで、人として屈折していない。

仮面を被《かぶ》ってしまえば、オレはそんな晴れやかな信条を自分の言葉として語ることができた。

「それだけ？」

「それだけって？」

「あんなことやこんなことをしたいんじゃなかったの？」

そういって、彩音《あやね》は冗談っぽく唇を尖《とが》らせてみせる。

「ああ、まあ、それもいつかは」

「ふーん」

真面目に答えるオレの顔を見て、彩音《あやね》はくすくすと笑った。

「おかしい。ホントに幸太郎《こうたろう》と話してるみたい」

「そうかな？」

「だって相馬《そうま》くんのままだったら、もっと素直に鼻の下を伸ばしてるでしょ？」

たしかに。本当のオレは、叶《かな》うなら今すぐにでも由衣《ゆい》と鼻の下が伸びるようなことをしてみたいと思っている。

けれど幸太郎《こうたろう》の仮面を被《かぶ》っていると、どうにもそういうことを語るのが憚《はばか》られた。

鷲谷《わしや》相馬《そうま》でいるときには否応《いやおう》なく顔に出ていた素直な気持ちが、なんだか奥のほうに引っ込んでいるみたいで。本心が表情にならない。

――オレは幸太郎《こうたろう》の仮面を被《かぶ》っているとき、自然と自分の気持ちを隠すようになっていた。

「彩音《あやね》さんも、品のない笑い方をしなくなったりして、だいぶ由衣《ゆい》っぽくなってきてるよ」

「ありがとう」

「あとは、姿勢かな」

「姿勢？」

背筋を丸めたままエスカレーターから踏み出そうとしている彩音《あやね》に言う。

「そうやって俯《うつむ》き加減になっているだけで、なんだか陰気じゃないか」

「うーん、こうかな？」

スクリと背筋を伸ばし、姿勢を正して、顔を上げた彩音《あやね》はまえを向く。

すると彼女の額に立ち込めていた暗い影が消える。

そうしてまた一歩、彩音《あやね》は由衣《ゆい》へと近づいていく。

「そうそう。いい感じ」

「ぴっ！」

「ぴっ！」

彩音《あやね》が冗談っぽく吹いた指笛に合わせてオレも姿勢を正す。

そうして二人で直立したまま、学校のときみたく「気をつけ」をして、ぺこりと一礼。

ふざけて下げた頭と頭がぶつかって、オレたちは照れ隠しみたいに額をさすった。

†

「いらぁっしゃいまぁせぇー」

モールを歩いていると、顔中にラメを塗《まぶ》して輝いた店員が愛想《あいそ》のいい笑みを振りまいているのが見えた。

しかし客が通り過ぎると、不機嫌そうに舌打ちをして手に持った服をバサバサやっている。

今までの自分なら、その裏腹が気持ち悪くてアパレルショップなんてまともに入ることもできなかった。

だけど幸太郎《こうたろう》になってしまえば、そんな嫌悪《けんお》感なんて腹落ちさせて正面から笑い返すことができる。

「どうも。アミーゴ」

オレは店員に向かって親しげに手を掲げた。

大事なのは幸太郎《こうたろう》になりきることだ。

愛想《あいそ》よく笑っていることをそれだけで〝いいこと〟だと思い込んでしまえば、裏腹なんて気にならなくなる。

「彼女に似合う服を探してて」

パッと愛想《あいそ》のいい仮面を被《かぶ》った店員に、オレは昨日由衣《ゆい》が着ていたような服があるか尋ねた。

ノースリーブの白いシャツに青いフレアスカート。

店の奥へと確認に向かった店員はすぐにもどってきて、頼んだとおりの服を彩音《あやね》に渡した。

「着替えてみなよ」

「うん」

彩音《あやね》はいそいそと試着室に入ってカーテンを閉める。

「彼女さんですかぁー？」と店員にきかれてオレは「はい」と答えた。

こうして成り代わっているときだけは、オレは幸太郎《こうたろう》で、あいつは由衣《ゆい》だから。

オレたちは本当に好きな相手と付き合えるまで互いを利用し合う、偽物《にせもの》の恋人だ。

「おまたせ」

と、彩音《あやね》がカーテンを開ける。

スウェットを脱いでオシャレな服に着替えた彩音《あやね》は、やはりキレイだった。

きっともっと早くこうして自分を着飾ることを選べていたら、彼女の人生はずいぶんとちがっていただろう。

あとは跳ねまくった髪さえ整えれば、すくなくとも外見については口出しするところがなくなる。

そうしたら彩音《あやね》は、もしかすると本物の由衣《ゆい》よりも――――。

「…………いやいや」

なにを考えているんだと、オレは首を横に振る。

彩音《あやね》が由衣《ゆい》よりキレイになるなんてこと……もしあったとしても、それで由衣《ゆい》への気持ちが変わるわけない。

オレは由衣《ゆい》がキレイだから好きになったんじゃない。

ありのままのオレを認めてくれたから好きになったんだ。

そこだけは絶対にブレないし、ブレちゃいけない。

「どう？」

「ああ。キレイだよ」

「そっか。よかった」

そういって元のスウェットに着替えようとする彩音《あやね》に、店員がスッとべつの服を手渡した。

「こちらとかぁー、お客様にぃー、とっても似合うと思いますぅー」

ねっとりとした口調で店員が渡しているのは、肩出しの黒いカットソーにホットデニムの組み合わせ。

今の彩音《あやね》が試着しているのと比べるとずいぶんラフというか、アウトローというか、いわゆるパンク系のファッションだった。

彩音《あやね》が困ったような顔をオレに向けてくる。

「とりあえず、着てみなよ」

彩音《あやね》はコクリと頷《うなず》いてカーテンを閉めた。

「どれくらい付き合ってるんですかぁー？」と店員にきかれてオレは「二日です」と答えた。

「おまたせ」

と、彩音《あやね》がカーテンを開ける。

着なれていないからなのか、それとも見慣れていないからなのか。

彩音《あやね》は恥ずかしそうにカットソーの裾を伸ばしてデニムの食い込みを隠そうとしていた。

もじもじと身を揺すりながら顔を赤くしている彩音《あやね》は、かわいかった。

飾り気のないその振る舞いに、オレの鼓動が速まる。

店員が言うとおり、由衣《ゆい》を真似《まね》た清楚《せいそ》系のファッションよりも、今着ている服のほうがたしかに彩音《あやね》には似合っているようだった。

「どっちがいいかな？」

彩音《あやね》はかけていた服を持ち上げてオレに尋ねる。

「そんなの、決まってるじゃないか」

「うん、そうだよね」

「ああ、もちろん」

今の彩音《あやね》に似合っているかどうかなんて関係ない。

彩音《あやね》のほうが服に似合う人間になるべきなんだ。

だから由衣《ゆい》になろうしている彩音《あやね》にふさわしいのは、由衣《ゆい》が着ていたのと同じ服だ。

「…………」

そんな思考と切り離されて動くオレの指は、今の彩音《あやね》が着ている服を差していた。

†

「お金、大丈夫だった？」

「アミーゴアミーゴ！　問題ない」

乾いた声で笑って、オレはサイフをポケットにしまう。

結局、どちらの服にするか選べず、二着とも買うことになってしまった。

「問題ないけど、僕の服はまた後日にしようか」

幸太郎《こうたろう》なら恋人にお金を出させるようなことはしないだろうと彩音《あやね》の服の代金を支払ったオレに、自分の服まで買う予算は残されていなかった。

そんなオレの懐《ふところ》事情を悟ってか、彩音《あやね》はくすくすと笑って言った。

「相馬《そうま》くんの服はわたしが買うよ」

「いや、でもそれは……」

「由衣《ゆい》ならきっとそう言う」

彩音《あやね》に手を引かれて近くの服屋に連れ込まれたオレは、彩音《あやね》が選んだ服を渡されて試着室に押し込まれた。

よくわからない絵がプリントされたYシャツに、マーブル模様のカーゴパンツ。

それは昨日幸太郎《こうたろう》が着ていたのと類似した組み合わせだった。

目にイタくて、とてもオレなら選ぼうとは思わないような服だった。

「これが似合う男にならないとな」

馴染《なじ》みのジャージを脱いで着替えを済ます。

そしてカーテンを開けようと顔を上げて、鏡に映った自分を見て、おどろいた。

「………目、怖くなくなったな」

無意識に吊《つ》り上《あ》げていた目が、今はほどよく垂れて心なしか幸太郎《こうたろう》に似ていた。

十五年間刻み続けた眉間のシワもなくなって、たたえていた闇がすっかりと消えている。

あとは伸び散らかった髪と顎ヒゲ少々を整えれば、なるほど、悪くないくらいの感じにはなりそうだ。

たった二日。それだけで、ずいぶん変われるものだと苦笑する。

「ありのままの自分」へのこだわりさえ捨ててしまえば、こんな順調に更生できるなんて。

「おまたせ」

カーテンを開けると、彩音《あやね》がおどろいたような顔をする。

「……………けっこう、かっこいい」

彩音《あやね》は丸くなっていた目をスッと細くすると、小さくはにかんでそう呟《つぶや》く。

彼女が垣間見せるそんな表情に、なにげない言葉に、ドキリとしてしまう自分がいる。

だけどそれもしかたがない。

だって今、彩音《あやね》は由衣《ゆい》になっているのだから。

由衣《ゆい》に同じような表情をされて、同じようなことを言われたら、おそらくオレはだらしなく鼻の下を伸ばしてしまうだろう。

だけどまだ完全な由衣《ゆい》にはなりきれていない彩音《あやね》が相手だから、オレは幸太郎《こうたろう》の仮面を被《かぶ》ったままさわやかに微笑《ほほえ》み返すことができる。

「ありがとう。うれしいよ」

オレは彩音《あやね》と店を出る。

「あとは、寝癖直しと髪染めか」

ボサボサの髪を整えるための寝癖直し。幸太郎《こうたろう》らしい赤髪と、由衣《ゆい》らしい黒髪になるための髪染め。それらを買ったところで、本日の買い物は終了した。

「ねえ、相馬《そうま》くん」

と、両肩に買い物袋を抱えたオレの手を握って彩音《あやね》が言う。

「わたし、昨日より長い間、由衣《ゆい》の仮面を被《かぶ》り続けていられるようになった気がするの」

「ああ。そういえばそうだね」

「でね、それがだんだん嫌じゃなくなってきてるんだ」

「へえ」

たしかに彩音《あやね》は一緒に買い物をしている間、一度も吐き気を催すことがなかった。

ずっと由衣《ゆい》として、幸太郎《こうたろう》になろうとしているオレと一緒にいてくれた。

おかげで今日はずっと胸が躍っていた。

「ねえ、相馬《そうま》くん」

と、由衣《ゆい》の仮面を被《かぶ》った彩音《あやね》が言う。

「わたしの中にね、相馬《そうま》くんが変わっていくのをうれしく思ってる自分がいるの。まるで由衣《ゆい》が相馬《そうま》くんのがんばりを応援しているみたいに」

「僕もだよ。愛想《あいそ》笑《わら》いで近寄ってくる店員さんを見ても、その笑みを気持ちわるいと思わなくなっていた。幸太郎《こうたろう》が人の表情に裏腹を見ないように、僕も相手の真相がどうかなんてことを一々気にしなくなってきている」

外見だけじゃない。

ものの見方や考え方も、徐々に二人に近づいていている。

オレたちの〝自分らしさ〟は急速に変容していっている。

「ねえ、相馬《そうま》くん」

と、絡《から》めた腕にわずかばかりの力を込めて、彩音《あやね》は言った。

「もし、こうしていることですこしだけ……ほんのすこしだけドキドキしていたとしても、それは浮気《うわき》じゃないよね？」

「ああ。キミは幸太郎《こうたろう》に近づいている僕にドキドキしているのであって、鷲谷相馬《わしやそうま》にドキドキしているわけじゃないよ」

「そっか。よかった」

ほっと胸を撫《な》で下《お》ろす彩音《あやね》を見て、なぜか心のどこかが傷ついたような気がして。

そんなわけがないと、オレは紛《まが》い物《もの》の気持ちにフタをする。

「……ねえ、相馬《そうま》くん」

「ああ」

「昨日の水着、やっぱりホントは変だったんじゃない？」

「え？」

「由衣《ゆい》が……本物の由衣《ゆい》が言ってた。幸太郎《こうたろう》ならきっと変に思うだろうって」

「…………」

たしかに。幸太郎《こうたろう》はそう言っていた。

高校生にもなって小学生のときの水着を使っているなんておかしいと。

でも、オレはそう思わない。

ならオレは、オレ自身の考えを幸太郎《こうたろう》に寄せていくべきだった。

「ああ。正直、おかしかったよ」

オレの腕に絡《から》められていた彩音《あやね》の手が、一瞬硬直して、それからそっと離れる。

「小学生じゃないんだから。うん。高校生にもなって、アレはないよ」

オレは幸太郎《こうたろう》が言っていたことをそのままオレの言葉として伝えた。

口にすることで、幸太郎《こうたろう》の考えが自分のものになればいいと思った。

「……………そっか。やっぱり、そうだよな」

力ない声がこぼれて、彩音《あやね》の顔から由衣《ゆい》の仮面が脱げ落ちる。

そして彩音《あやね》は、掠《かす》れて消えてしまいそうな声で、笑った。

「……………ガハハ」

その喉を鳴らす笑い方はいかにも彩音《あやね》らしかったけれど、彼女にしては元気がなかった。

オレが知っている彩音《あやね》なら、文句のひとつでも言い返してきそうなものなのに。

彩音《あやね》は力なく笑って、それから小さな声で呟《つぶや》くのだった。

「………おかあさんに買ってもらって、何度も縫ってもらったりしたものだから、できるだけ大事にしたかったんだけどな……」

しょんぼりと項垂《うなだ》れる彩音《あやね》を見ていると、胸のどこかがジクリと疼《うず》いて、いたたまれなくなる。

「変」だと言われたこと以上に、彩音《あやね》は自分が大事にしているものが大事にすべきものではなかったことを悲しんでいるようだった。

がさつなところばかり目立つ彩音《あやね》が、今、ハッキリと傷ついていた。

オレの言葉が、彼女を傷つけてしまっていた。

「………」

彩音《あやね》の感傷なんて関係ない。

そんな感傷、由衣《ゆい》になるなら捨てるべきだ。

それが幸太郎《こうたろう》に愛されるための条件であり、今より優れた人間になるための手段なのだから。

そう、頭ではわかっているのに。

「……変じゃない」

なぜかオレは幸太郎《こうたろう》の仮面を脱ぎ捨てて、彩音《あやね》にオレの言葉を伝え直していた。

「幸太郎《こうたろう》は変だって言ってたけど、オレは変じゃないって思う」

たしかに最初見たときはびっくりしたけど。一生懸命がんばっている彩音《あやね》を見ているうちに、格好なんてちっとも気にならなくなっていた。

あらためてあの水着を着ていた理由をきいても、やはり彩音《あやね》はなにもまちがっていないように思える。

モノを——思い出を大事にしようとする彩音《あやね》の心は——正しくキレイで、なにも変じゃない。

「軽々しく感謝の言葉を口にしたくないっていう考え方も、オンはいいと思う。それはちゃんと『ありがとう』の気持ちを大事にしようとしてるってことで、べつに感謝してないってことじゃないと思うから」

「…………鷲谷《わしや》……」

「いや、まあ、オレの意見にきく価値なんてないんだけどさ。それでもオレは、おまえのそういうところは、きらいじゃない」

「っていうか、その、たぶん、けっこう好きだ」

「…………」

「…………!!」

「いや、だから、オレが好きになっても意味なんてないんだけどさ……」

彩音《あやね》は、彼女が大事にしたいと思っていたものを軽んじられて、可笑《おか》しくもないのに笑っていた。

それは紛れもなく仮面を被《かぶ》る行為だ。静かに傷ついて、傷を隠すために笑おうとしていた。

オレは彩音《あやね》に、そんなふうに自分を偽ってほしくなかった。

互いに他人に成り代わろうとしているのに、おかしな話だけど。

オレには彩音《あやね》のすべてが塗り替えるべき──否定されるべき人格だとは思えなかった。

最初はただの怖くてヤバいやつだと思っていたけど。

こうして一緒に過ごして、彼女のことを知っていくうちにわかった。

彩音《あやね》の言動にはたしかに粗暴なところがあるけれど。その粗暴さは、彼女が抱えている純粋な気持ちを守るためのトゲみたいなものだ。

社会常識とか、世間体とか、そういうくだらないルールが振りかざしてくる圧力に大事なものを踏みにじらせないために身につけた、威嚇行動のようなものだ。

──ありのままの彩音《あやね》は、むしろだれより繊細で、敏感で、傷つきやすい。

その薄いガラスみたいな心が、オレはキレイだと思う。

いつまでも割れずにいてほしいと思う。

「…………鷲谷《わしや》。おまえも、案外やさしいところがあるんだな」

「やさしい？　どこが？」

「ありのままのわたしを認めてくれたのは、おまえで二人目だ」

そういって、彩音《あやね》はまだ笑っていた。

けれどその笑みは、さっきまでとはちがっていた。

偽物《にせもの》めいた感じがしない。

ほんのすこし恥ずかしそうに。そして同じくらいうれしそうに。

「ガッハッハッ！」

照れ隠しみたいに大きく口を開けて。いかにもがさつな声で、潑剌《はつらつ》と。

笑う彼女の口角から、澄んだ心のカケラがはずんでこぼれ落ちている。

「…………」

——なぜだろう？

そうして笑っている彩音《あやね》を見ていると、胸がざわつく。

けれどそのざわめきはなにも不快じゃない。

むしろ心地いい。安らかな高鳴りだ。

今の彼女は由衣《ゆい》に擬態していないのに。

なんでオレはこいつに——鳩羽《はとば》彩音《あやね》にドキドキしてるんだ？

なんで由衣《ゆい》じゃなく、彩音《あやね》の笑顔をずっと見ていたいと思ってしまうんだ？

「なあ、鷲谷《わしや》」

「あ、ああ。なんだ？」

「もし、わたしが………」

と、彩音《あやね》がなにかを言いかけたとき。

「──相馬《そうま》くん？」

背後から、鈴を鳴らしたような声に名前を呼ばれた。

振り向くと、後ろに本物の由衣《ゆい》が立っていた。

「わっ、彩音《あやね》さんも。偶然だ！」

ポン、と胸のまえで手を叩《たた》いてうれしそうに声をはずませる由衣《ゆい》。

「二人でなにしてたの？」

オレは買い物袋を担《かつ》ぎ直して考える。

幸太郎《こうたろう》と由衣《ゆい》に成り代わる練習をしていた、なんて言えるわけがない。

「……………ねえ、二人ってさ……」

「買い物」

と、由衣《ゆい》の言葉を遮るように彩音《あやね》が言った。

「わたしの買い物に、付き合ってもらってた」

そういって、彩音《あやね》はオレの肩から自分の服が入っている袋を奪い取ると、オレから離れる。

「もう帰るから。大丈夫」

「え？　おい」

思わず振り返って引き留めようとするオレの背中が、彩音《あやね》に押しもどされた。

そこで気づく。彩音《あやね》がオレと由衣《ゆい》を二人きりにしようとしてくれているのだと。

由衣《ゆい》らしく気をきかせて。オレのことを考えて。

それはたしかに由衣《ゆい》がしそうな行動で。オレとしても本物の由衣《ゆい》と一緒にいたい気持ちはもちろんあった。

――――だけど。

オレはどうにも、彩音《あやね》がさっきなにを言いかけたのかが気になってしまっていた。

「……なあ、彩音《あやね》さん」

と、オレはつい、彩音《あやね》に向かって手を伸ばしてしまう。

けれど、その手が彼女に届くことはなかった。

「よかった。ちょっと相馬《そうま》くんに付き合ってほしいところがあって」

後ろから伸びてきた由衣《ゆい》の手がオレの腕を絡《から》めとって抱きすくめる。

ぎゅっと押し当てられたやわらかい胸の感触が伝わってくる。

そんな状況を俯瞰《ふかん》して、ああ、なんて幸福な瞬間なのだろうとオレは思う。

「あれ？　相馬《そうま》くん……」

「…………はっ！　またオレ、鼻の下伸びてたか？」

「…………ううん。伸びてなかった」

そういって、由衣《ゆい》はゆっくりとオレから離れる。

彼女はなぜか不満そうな顔をしていた。

「………由衣《ゆい》？」

「ううん。なんでもない」

そういって、由衣《ゆい》は笑った。

可笑《おか》しいことがないと笑わないはずの由衣《ゆい》が、なぜか笑っていた。

「なにか、可笑《おか》しいことがあるのか？」

「え？」

由衣《ゆい》は間の抜けたような顔をして、それから「ああ」と思い出したように口を開く。

「相馬《そうま》くんがなんだかちょっとかっこよくなった気がして。おかしいなあって」

「それっておかしいことなのかよ」

「くすくす。ごめんね。でも、目とか、顔つきとか、今のほうが親しみやすくて、いい感じだよ、相馬《そうま》くん」

そんなふうに由衣《ゆい》に褒められて、オレはすっかり舞い上がってしまった。

いつのまにか彩音《あやね》がひとりで帰ってしまっていることに、気づきもしないほど。

†

「幸太郎《こうたろう》に渡すプレゼントを選びたくて」

そういって、由衣《ゆい》はオレをアクセサリーショップに連れていった。

どうやら二週間後の八月七日は、幸太郎《こうたろう》の誕生日らしい。

「オレにきかれても、幸太郎《こうたろう》が好きなものなんてわかるかどうか」

「そんなことないよ。同じ男子だし。それに……」

「これに？」

「ううん。なんでもない。どれがいいか、選んでみて」

「同じ男子、ね」

オレはアクセサリーなんてまったく興味がなくて。自由に使えるギフトカードやすぐに使える消耗品のほうがもらってうれしいジャンルではあるんだけど。

求められているのはオレの意見ではなく、幸太郎《こうたろう》の意見だ。

なら、オレは幸太郎《こうたろう》になればいい。

手をかざし、顔を覆って、オレは幸太郎《こうたろう》の仮面を被《かぶ》る。

「………僕なら、由衣《ゆい》が選んでくれたものならなんでもうれしいよ」

「やっぱり」

「え？」

隣に立った由衣《ゆい》が、オレの顔をじっと見つめてくる。

人間の奥底を覗《のぞ》いているような――あらゆる虚構を見抜くような目だった。

「相馬《そうま》くん。なんだか言動が幸太郎《こうたろう》に似てきてるよね？」

「そ、そうかな？」

「だって以前の相馬《そうま》くんなら、そんな気のきいたセリフ言えなかったでしょ？」

「まあ」

「幸太郎《こうたろう》のこと、意識してるの？」

「……まあ」

「どうして？」

「どうしてって……」

幸太郎《こうたろう》から由衣《ゆい》を奪うためだ、なんて。本人をまえにして言えるわけがない。

しかたがない。ここはいつものように顔を逸《そ》らして、本音を気取られないように──。

「自分を変えたくて」

──そんな言葉が、まったく無意識のうちに口をついていた。

「ほら。以前、由衣《ゆい》にこっぴどくフラれただろ。あれで思ったんだ。このままの僕じゃいけない。もっとマシな人間にならなくちゃいけないって」

それはウソではないけれど、真実でもなかった。

オレはべつにそんな高尚な理由で自己変革を望んだわけじゃない。

ただ由衣《ゆい》と付き合いたくて、幸太郎《こうたろう》に成り代わろうとしただけだ。

だから、こんなのはちがう。

こんなのは、ウソを吐かないようにして真実を隠している偽りの言葉だ。

オレがもっともきらっているはずの、自分を偽る行為だっ
「まだまだ至らないところばかりだけど、すこしでも幸太郎《こうたろう》みたいに立派な人間に近づけたらなと思ってさ」

「へえ」

乾いた由衣《ゆい》の相槌《あいづち》は、並べられた言葉がすべて中身を伴わない、ペラペラの、がらんどうだとわかっているようだった。

そのうえで、彼女は言うのだった。

「かっこいいよ、相馬《そうま》くん」

オレの手を握り、オレのことをうっとりとした眼差《まなざ》しで見つめる由衣《ゆい》。

「じつは、あれから気まずくなっちゃわないか心配でプールに誘ったんだけど……よかった。相馬《そうま》くん。ちゃんと他人と向き合って、ありのままでいることをあきらめてくれたんだ」

「ああ。ありのままの自分なんてくだらないよ」

――ちがう。オレはありのままでいることをあきらめたわけじゃない。

ありのままを幸太郎《こうたろう》基準にしようとしただけで――「自分」を変えようとしただけで――「自分」をなくしてしまおうとしたわけじゃない。

……あれ？

でも、それってなにがちがうんだ？

オレが幸太郎《こうたろう》に成り代わったとき、そこに「オレ」はいるのか？

オレがずっと大事にしていた「自分」ってそもそもなんだ？

……マズイ。

いつのまにか、オレはオレの「真相」がわからなくなっている。

「……でも、自己変革を始めてまだ二日しか経《た》ってないからさ。もうしばらく時間がかかりそうっていうか……」

「心配ないし、関係ないよ。そんなこと」

抑揚のない声で由衣《ゆい》が言う。

「一度でも自分をなくしちゃった人間はもうそれを取りもどすことなんてできなくて。堰《せ》き止《と》められてた水が一気に流れ出しちゃうみたいに、あとはおどろくほど、あっという間だからさ」

まるで人の一生を見てきたかのように語る由衣《ゆい》は、僕が被《かぶ》った仮面の、その奥を見つめて言うのだった。

「――もう、もどれないよ。相馬《そうま》くん」

死刑宣告のような冷たい響きが、鼓膜を通って臓腑《ぞうふ》に染《し》み込み、全身に行き渡る。

こみ上げてくる吐き気が、喉の手前で押しもどされる。

気持ちわるいはずなのに、それが顔に出ない。

なにが気持ちわるいのかも、わからない。

自分で自分が、わからない。

「ねえ、相馬《そうま》くん。このままその自己変革ってやつ、続けてね」

狼狽《うろた》えるオレのことを可笑《おか》しそうに笑いながら、由衣《ゆい》は言う。

「もし相馬《そうま》くんがわたしにフラれた相馬《そうま》くんじゃなくなったら、もう一回考えてみるから」

「……え？」

「告白の返事」

胸がドキリとした。

でもその高鳴りは、彩音《あやね》といるときに感じた高鳴りとはなにかがちがっていた。

うれしいはずなのに、なぜか苦しい。

罪悪感のような気持ちが重くのしかかる。

「……………幸太郎《こうたろう》と、付き合ってるんじゃないのかい？」

「うん。そうなんだけど………」

言いづらそうに間を置いて、由衣《ゆい》はポツリと呟《つぶや》くように言うのだった。

「幸太郎《こうたろう》……一緒にいて、ときどきちょっと、キツいところがあるから」

†

由衣《ゆい》は結局、自分で選んだミサンガをプレゼントとして買って帰っていった。

オレはその日買った髪染めで髪を赤く染めた。

黒い髪は一度で幸太郎《こうたろう》と同じキレイな赤色に染まったりはしなかったけれど、赤みがかった茶髪の自分を鏡で見ていると、すっかり別人になれたような気になった。

——もう、もどれない。

だからどうした。なら、進むだけだ。

オレは幸太郎《こうたろう》に成り代わる。元々それを望んで被《かぶ》りはじめた仮面だ。

最初から、引き返してとりもどす価値のある「自分」なんていない。

そう決意を新たにして、明日の予定を立てていると、スマホが鳴った。

『髪染めの使い方がわからない』

それは彩音《あやね》からのメッセージだった。
『箱の裏に書いてあると思うよ』
『由衣《ゆい》とうまく話せた？』
『ああ。たのしかったよ』
決して〝それだけ〟ではなかったはずなのに。
オレの指先は由衣《ゆい》とのやりとりを「たのしかった」の一言でまとめてしまった。
『そっか』
『うん。ありがとう』
そこで会話は終わった。
オレは部屋の明かりを落としてベッドに潜り、眠りにつく。
けれど枕元に置いていたスマホの着信音に起こされた。
時刻は午前三時を回っていた。
寝ぼけ眼を擦りながら、オレは彩音《あやね》からのメッセージを確認する。
『好き』
書かれていたのはそれだけだった。
『ありがとう。僕も好きだよ。アミーゴ』
オレがそう返信すると、もうスマホは鳴らなくなった。

僕らは僕らに成り代わる

次の日も、オレは二人で出かける約束をして彩音《あやね》のことを待った。

けれど待ち合わせ場所に彼女が現れることはなかった。

『ねむい』

そんなメッセージが送られてきたのは、集合時刻から二時間も過ぎてからだった。

『由衣《ゆい》ならせめて謝るよ』

そう送り返して、オレは幸太郎《こうたろう》の仮面を被《かぶ》ったまま、ひとりで町に繰り出した。

地域の奉仕活動に参加して、たくさんの人と関わりを持った。

ずっと他人に避けられている人生だったけれど、さわやかな顔でこちらから話しかけてみれば、みんな僕のことを仲間として迎え入れてくれた。

ゴミをひとつ拾う度に、自分の中にある黒ずんだものが落ちていくようだった。

『しんどい』

『だるい』

『つらい』

次の日も、その次の日も、彩音《あやね》は待ち合わせをすっぽかしてしまった。

『大丈夫かい?』

『なにかあったのかな?』

『一緒にがんばろうよ!』

送り続けたメッセージにはついに既読マークすらもつかなくなってしまって、いつからかオレは彼女を誘い出そうとするのをやめていた。

そうしてひとりで自己変革を続ける期間が、一週間とすこしを数えた頃だった。

『あいたい』

急にそんなメッセージが彩音《あやね》から送られてきた。

時刻は午後十時を回っていた。

オレはしばらく逡巡《しゆんじゆん》して、学校近くにある公園を待ち合わせ場所に提案した。

『うん。わかった。そこでいい』

オレは彩音《あやね》に買ってもらった服に着替えて家を出る。

八月の初旬。雲ひとつない晴れ渡った夜は街灯がなくても明るくて、自転車のライトは鼻唄を鳴らすように明滅を繰り返していた。

二十分ほど自転車を走らせて、オレは公園に到着する。

スタンドを蹴り下ろし、中を覗《のぞ》くと、彼女は既にそこにいた。

ノースリーブの白いシャツと青いフレアスカート。

いつかオレが買った服に身を包んだ彼女は、後ろで手を組み、滑り台の上に立って、ぼうっと昇った丸い月を見上げていた。

「彩音《あやね》さん」

オレが声を放ると、彼女の肩に一瞬力が入るのがわかった。

ふう、と息を吐いて、彼女はゆっくりと身体《からだ》の硬直を解いていく。

そして、その場でくるりと振り返って言った。

「――こんばんは、相馬《そうま》くん」

鈴を鳴らしたような声が、静かな夜を行き渡って空気に溶ける。

地面より高い場所からやわらかな笑みが零《こぼ》れ落《お》ちている。

月光が彼女の顔を精彩に照らし、夜の闇がその白い肌を美しく際立《きわだ》たせる。

「………」

まるで、世界が彼女の背景になっているみたいだった。

そこにいた少女は、たしかに彩音《あやね》のはずなのに。オレが知っている彼女のイメージとはとても重ならない――浮世離れした清廉さと上品さをまとって見える。

時間を止められたように、オレは彼女に見入っていた。

それくらい、今の彼女は完璧で。いかにも絵に描かれたヒロインのようで。

まるで、彩音《あやね》じゃないみたいだった。

「ごめんね。いきなり呼び出して」

彩音《あやね》はスルリと滑り台を降りてくる。

その勢いのまま跳ねるように歩いて、それからパン、と顔のまえで手を合わせた。

「連絡も。なかなか返せなくて、ごめん」

「あ、ああ。それはべつに、いいんだけど」

戸惑うオレを見て彩音《あやね》は小首を傾《かし》げる。

その仕草にも、もはやなんの違和感もない。

かつては由衣《ゆい》の真似《まね》でしかなかったはずの振る舞いが、ちゃんと彼女の所作になっている。

彼女らしさになっている。

「髪染めもせっかく買ってもらったのに、ごめん。やっぱり使い方がわからなくて」

彩音《あやね》の髪はまだ向日葵《ひまわり》色のままだった。

それでも、以前のように十六方向に跳ねてはいない。

アシンメトリーの髪は流麗に流れて、しっかりと手入れされているのがわかった。

この一週間――オレの自己変革だけが進んで、彼女のほうは成長が止まってしまっていると勝手に思っていた。

けれど、どうやら彼女は彼女なりに自分を変えようと動いてくれていたらしい。

それがうれしくて、オレは思わず近くにあった鉄棒で宙返りをキメた。

「アミーゴ！」

そんなオレを見つめながら、滑り台にもたれかかった彩音《あやね》がくすくすと笑う。

「相馬《そうま》くん。鉄棒とかできるんだ」

「じつは最近、自己変革の一環で身体《からだ》とか鍛えててさ。ほら、幸太郎《こうたろう》くんって陸上部だし。成り代わるなら、性格だけじゃなくて体格も合わせていかないとなって」

「へぇ」

「筋トレとか今までしたことなかったから、最初はちゃんと続けられるか不安な気持ちもあったんだけど、トレーニングで流す汗は気持ちよくてさ。自分の中にある余計なものっていうか……汚れ？　みたいなものが、一緒に流れ落ちていくみたいで。自分磨きってまさしくこういうことなんだなあって」

「ふーん」

「……あんまり、興味ないかな？」

「ううん。そうじゃないんだけど」

と、彩音《あやね》は僕の足元で伸びている影に視線を落とす。

「それって、本当に余計なものなのかなって」

「どういうことだい？」

「……ごめん。なんでもない」

そういって、彩音《あやね》は軽く首を横に振って笑った。

「相馬《そうま》くん、変わったね」

「そうかな？」

「うん。もうなんの違和感もない。本当に幸太郎《こうたろう》と話してるみたい」

「ありがとう、うれしいよ！」

「うん。どういたしまして」

「僕も同じく思うよ。今の彩音《あやね》さんはキレイで、品もあって、由衣《ゆい》そっくりだ」

「由衣《ゆい》そっくり、か。それは……うれしいことだよね？」

「え？　ああ、うん。もちろん。なにか皮肉とかを込めたつもりはないんだけど」

「わかってる。幸太郎《こうたろう》は皮肉なんて言わないもん」

「うん」

「だからわたしは、素直によろこぶべきだよね」

自分に言い聞かせるようにそう呟《つぶや》いて、彩音《あやね》は公園のブランコに腰かける。

オレも鉄棒から降りて彼女の隣のブランコを漕《こ》ぐ。

「ねえ。今のわたしって、幸太郎《こうたろう》に似合う女になってるかな？」

「もちろん」

「幸太郎《こうたろう》は、今のわたしにドキドキしたりしてくれるのかな？」

「ああ。現に今もしてるよ」

こんなセリフも、今では簡単に言えてしまう。

いつからか、あの仮面を被《かぶ》る儀式をしなくてもオレは、幸太郎《こうたろう》として振る舞うことができるようになっていた。

「…………じゃあ、さ」

と、彩音《あやね》は僕に合わせて漕《こ》いでいたブランコを止める。

彼女の横顔を淡い月明りが照らしていた。

「わたしのこと、好き？」

「ああ、好きだよ」

オレは一切の間を置かずに答えた。

まるで早押しクイズでもしているみたいだった。

オレは今、幸太郎《こうたろう》になっていて。彼女はもう由衣《ゆい》のようになっている。

二人ならきっと、迷ったりしない。

だから。オレは彼女のことが好きだ。これが正しい答えだ。

「…………うん。ありがとう」

そういったきり、彩音《あやね》は顔を伏せて黙ってしまった。

「由衣《ゆい》は？」

と、オレはきき返す。

「ありがとう」にはちゃんと「ありがとう」で返したかったし、彼女も由衣《ゆい》としてその言葉を待っているはずだったから。

そうしてたくさんの感謝を伝え合って。互いを尊重し合って。オレたちはこれからもさわやかで気持ちのいい関係を築いていく。

「……………わたしは………」

ぎゅっと唇を結んだまま、彼女はブランコのチェーンを握りしめる。

ぎいぎいと鳴るチェーンの音は、まるでだれかの心が軋《きし》んでいるみたいだった。

やがて。彩音《あやね》は手の力を緩めてゆっくりと立ち上がる。

そうして月夜に立ち尽くす彼女の背中は、なぜだろう？

――ひどく、寂しそうに見えた。

「……………わたしには、わからないよ。わたし以外の人の気持ちなんて」

そういって、こちらに振り返った彼女は明るく笑っていた。

由衣《ゆい》みたいに口元に手を当てて。くすくすと笑いながら、細くなった目の端から、ポタリと。

一粒の涙を地面に落とした。

彩音《あやね》は、おかしそうに笑いながら、泣いていた。

「……………彩音《あやね》さん？」

「なんでもない。これも。あれも。それも。どれも。全部、なんでもない」

彼女はごしごしと目元を拭う。

その目の下に、隠されていた黒いクマが薄く浮かび上がってくる。

「彩音《あやね》さん、その目……」

「………ああ、うん。ごめん。なんだか最近、またよく眠れなくなっちゃって。本当に、ごめん」

彼女は何度も繰り返し謝る。不出来な自分を罰するように。

それから精一杯、気丈に笑ってみせようとする。口元を引きつらせて、背後に隠した握り拳を震わせながら。

オレの胸の奥が、ズキリと痛んだ。

彼女の涙を──悲しみの理由を──拭い去らなければいけないと思った。

「………彩音《あやね》さん……僕は……」

「幸太郎《こうたろう》でしょ?」

「………」

「それで、わたしは由衣《ゆい》だよ。幸太郎《こうたろう》と一緒にいてもちっとも変じゃない、完璧な百瀬《ももせ》由衣《ゆい》だよ」

「ああ。だから……」

「……でも、やっぱりちがうんだ」

と、彩音《あやね》は言った。

「だって、由衣《ゆい》ならすぐに答えられるはずのことにさえ、わたしはちゃんと答えられない。なんて言えばいいのかわかってるのに、それを口にできない」

「…………」

「わたしは、由衣《ゆい》みたいに、幸太郎《こうたろう》みたいに、おまえみたいに、そんなに簡単に、あたりまえみたいに『好き』だなんて言えない。他人の面をしたまま自分の気持ちを伝えることに、耐えられない」

涙を拭った手で顔を覆い、彼女は世界と自分の間に隔たりを作る。

そして。彩音《あやね》はずっと被《かぶ》っていた——由衣《ゆい》の仮面を剝ぎ取るように、脱ぎ捨てた。

「……ピエロになるのはうんざりだ。わたしはもう、降りる」

そういって、彩音《あやね》は逃げるように公園の外へと走り去っていく。

「……わたしのことなんてホントは見てもいないくせに、軽々しく『好き』だなんて言うな、ばかっ！」

彼女が落とした涙の粒が、乾いた地面に滲《にじ》んでシミになっていた。

「……ちょっと待ってよ、彩音《あやね》さん！」

オレはブランコから飛び出して、遠ざかっていく背中を追いかけようとする。

けれど、踏み出した足が、ピタリと地面に根を張ったように動かなくなる。

「…………ッ……」

すぐにでも彩音《あやね》のことを追いかけたいのに、身体《からだ》が言うことをきかない。

自分のものであるはずの足が、思うように動かせない。

オレの中でうごめいている〝もうひとりの自分〟に身体《からだ》の主導権を奪われている。

──去っていった人間を、わざわざ追いかける必要なんてない。

そんな思考が、思想が、オレの心を覆いつくしていく。

「オレ」の意志が「僕」によってねじ伏せられていく。

それは今日まで被《かぶ》ってきた幸太郎《こうたろう》の人格だった。

オレはいつのまにか、被《かぶ》った仮面を脱ぐことができなくなっていた。

透明な絶望と焦燥が込み上げてくるのを感じながら、オレは月明かりの下でひとりにへらと笑っていた。

†

数日後、僕は学校近くの駅からすこし歩いたところにある喫茶店へと足を運んだ。

ウォルナットの壁にミレーの絵と子どものラクガキが並べて飾られていて、立派な帆船の模型の上には綿の飛び出したぬいぐるみが置かれている。

なんというか、雰囲気が散らかっていて、落ち着かない。

けれどコーヒーの味だけは一等級だという話を信じて、僕はカップに口をつけようとする。

そのとき、カランと鈴が鳴って店のドアが開いた。

「ごめーん、待ったかな？」

隅の席に座っている僕を見つけた由衣《ゆい》が早足で駆けてくる。

「大丈夫。今きたところだよ」

「そっか。よかった」

注文をとりにきた店員に慣れた様子でコーヒーを頼んで、由衣《ゆい》は僕のまえに腰を下ろした。

「こっちこそごめん、急に呼び出したりなんかして」

「ううん。大丈夫」

「予定とかなかったかい？」

「うーん」

ためらいがちに小首《こくび》を傾《かし》げて、由衣《ゆい》は言う。

「じつは幸太郎《こうたろう》にも誘われてたんだけど、断ってきちゃった」

「それは、いいのかな？」

「うん。いいの。でも、幸太郎《こうたろう》には内緒ね」

そういって、由衣《ゆい》は口元で指を一本立ててみせる。

幸太郎《こうたろう》といるより僕の用事を優先してくれたことがうれしくて。僕は幸せな気持ちになりながら、疑問に思う。

──由衣《ゆい》にとって、恋人に隠し事をするのは本当にいいことなのだろうか、と。

「染めたんだね。髪の色」

「ああ、うん。どうかな？」

「とっても似合ってるよ」

「ありがとう」

「幸太郎《こうたろう》より、似合ってる」

そういって、由衣《ゆい》はなぜかうれしそうに微笑《ほほえ》む。

「それで、なに？　相談って」

「ああ。じつは……」

僕は彩音《あやね》さんとの間にあったことをかいつまんで話した。僕と彼女が他人に成り代わろうとしているということは「自己変革」という名目でうまく伏せて。

彩音《あやね》さんがとても魅力的になっていたこと。

なぜか急に予定をすっぽかすようになってしまったこと。

逃げるように僕のまえから走り去っていってしまったこと。

そんな彼女を追いかけることができなかったこと。

それらを打ち明けたうえで、僕は由衣《ゆい》にアドバイスを求めた。

他人を気遣うことに慣れている彼女なら、あのときの僕がどうすればよかったのか、わかるかもしれないと思ったから。

「ふーん」

と、由衣《ゆい》は机に肘をつく。

「なんだ、そんなことか」

どこか不満げにそう呟《つぶや》いて、由衣《ゆい》は運ばれてきたコーヒーに口をつける。

「メッセージは？」

「送っているけど、返事はなし」

「なるほどね」

ソーサーにカップを置いて、由衣《ゆい》は僕のことを上目づかいで見つめる。

無防備な隙間を作るブラウスの奥では、大きな胸が深い谷間を作っている。

「…………」

じっと黙って言葉を待っている僕を見つめて、由衣《ゆい》は小さくため息を吐く。

「…………やっぱり、鼻の下が伸びなくなったね。相馬《そうま》くん」

「え？」

思ってもいないことを言われて僕は目を丸くした。

「そうかな？」

「そうだよ」

「でもそれは、いいことだよね？」

「いいことなんじゃない？　きっと、多くの人にとっては」

そういって、由衣《ゆい》は唇の間に意味深な笑みを含む。

「……えっと、それで僕は、どうすればいいのかな？」

「なにもしなくていいんじゃないかな」

あっけらかんと、由衣《ゆい》は答えを口にする。

「だって、彩音《あやね》さんはべつに『追いかけてきてほしい』って言ったわけじゃないんでしょ？」

「それはまあ、そうだけど」

「幸太郎《こうたろう》なら、そういうときはなにもしないよ」

まるで僕のなにかを推し量るように、由衣《ゆい》は言う。

「幸太郎《こうたろう》は困っている人がいたら助けるけど、困ってないなら助けたりしない。たぶん、そんなに他人に興味がないから。基本的に、頼られるまでは頼りになろうとしない。もしかしたら、困ってほしくて助けることはあるのかもしれないけど」

たしかに、僕が知っている幸太郎《こうたろう》くんはべつにやさしくない。

ただやさしそうに振る舞っているだけだ。それが藤峰幸太郎《ふじみねこうたろう》という人間だ。

幸太郎《こうたろう》くんならなにもしない。そのとおりなのかもしれない。

でも、僕は。

「相馬《そうま》くんは、どうしたいの？」

「……………僕は…………」

僕は、幸太郎《こうたろう》くんになりたい。

幸太郎《こうたろう》くんが思うように思いたい。

幸太郎《こうたろう》くんがするようにしたい。

そう思って、願って、ここまで自己変革を続けてきた。

だから幸太郎《こうたろう》くんがなにもしないのなら、僕だってなにもせずにいるべきだ。

彼女を追いかけずに見送ったのは、だから、正解だったはずなんだ。

でも、僕は。あのとき、本当は————。

「大丈夫。相馬《そうま》くんはなにもまちがってないよ」

そういって、由衣《ゆい》はやさしく僕の手を包み込むように握ってくる。

「がんばることをやめちゃった人間のことなんか放っておいて、相馬《そうま》くんはこのままかっこよく進み続ければいいの。そしたらきっと周りにはたくさんの人がついてきてくれるから。前向きな人たちの輪に囲まれて、背中を押されて、一部の影も差し込まないような晴れやかでにぎやかなお花畑で幸せに生きて死ねばいいんだよ」

「…………」

「…………納得できないって顔だね」

自分でも、どうしてなのかわからない。

なにをすべきか。しないでいるべきか。ちゃんとわかっているはずなのに。

それを認めたくないもうひとりの自分がいる。

正解だと言われているのに、よろこべない。

今の自分を肯定されればされるほど、なにかがまちがっているような気がした。

──頼られていないのだから、力にならなくていい。

僕はそんなふうに──そんな簡単に──彼女のことを見限りたくなかった。

「『助けて』って言われたわけでもないのに力になりたいの？　それって迷惑なだけかもよ？」

僕は自分の胸を押しつぶすように握りしめる。

そして、長い時間をかけて、固まった首を動かし、精一杯の力で小さく頷《うなず》いた。

「…………へえ。まだちゃんと〝そこ〟にいるんだ」

由衣《ゆい》はにぃいっとおもしろそうに口角《つ》を吊り上《あ》げる。

そんなふうに笑う由衣《ゆい》を僕ははじめて見た気がした。

「わかった。ちょっとだけ時間ちょうだい。なんとかしてみるから」

そういって彼女は傍《かたわ》らに置いていたバッグからスマホを取り出すと、すごい速さでフリックとスワイプを繰り返す。

「なにをしているんだい？」

そう尋ねているうちにも、僕のスマホは由衣《ゆい》からのメッセージを受信する。

「それ、彩音《あやね》さんの住所ね。その感じだと、たぶん知らないんでしょ？」

「……そうだけど、どうやって？」

「幸太郎《こうたろう》にきいただけ」

「幸太郎《こうたろう》くんが彩音《あやね》さんの住所を？」

由衣《ゆい》は首を横に振る。

「幸太郎《こうたろう》はなにも知らないから役に立たないよ。でも、幸太郎《こうたろう》に頼れば『幸太郎《こうたろう》の輪』が動いてくれる。知り合いから知り合いへ。細く長い人脈を辿《たど》っていけば、彩音《あやね》さんの住所を知っているだれかもヒットする。目的達成のために、使えるものは使わないと」

由衣《ゆい》は冷めたコーヒーを一口で飲み干すと、ふうと息を吐いて目を閉じる。

「ただ、わたしが相馬《そうま》くんのためにしてあげられるのは、ここまでだから」

関係に線を引くような。これ以上寄りかかってはいけないと感じさせる声だった。

僕は「ありがとう」と礼を言って席を立つ。

由衣《ゆい》は「こちらこそ。ありがとう」と言って微笑《ほほえ》んだ。

僕は二人分の会計を済ませて足早に喫茶店を出た。

†

幸太郎《こうたろう》くんならわざわざ家まで押しかけたりしない。

由衣《ゆい》はそう言っていたし、僕もそう思う。

彩音《あやね》さんには彩音《あやね》さんの考え方があって、それを僕に理解することなどできないから。もしやる気がなくなったのならそれもしかたない。彼女の思いはその程度だったのだと割り切るしかない。

そんなふうに、頭ではもうとっくに答えが出ているのに。

胸の奥にいる〝もうひとりの自分〟が、彼女を見捨てることを許そうとしない。

「…………」

彩音《あやね》さんの家は、雑踏や喧騒《けんそう》からは離れた奥まった路地にあった。

パラパラと降り出した雨が橙色《だいだいいろ》の三角屋根を叩《たた》いている。

門扉《もんぴ》の奥にはよく手入れされた花や草木が物静かな庭園を作っていた。

「NHKならいらないよ。テレビは全部叩《たた》き壊《こわ》したから」

僕がインターホンを押そうとしていると、庭園の奥から声がきこえてきた。

青空模様の傘を肩にかけて屈《かが》みながら、まだ咲いていないキンモクセイの世話をしている女性を僕は見つける。

もう昼もだいぶ回っているというのに、彼女はモコモコのパジャマに身を包んでいた。キンモクセイと同じ色の髪を後ろで束ねていて、咥《くわ》えた火のついていないタバコを唇の先で遊ばせている。歳《とし》は彩音《あやね》さんより上のようだけど、そこまで離れているようには見えない。

「…………彩音《あやね》さんの、お姉さんですか？」

「あーん？」

女性は腰を上げて振り向くと、かけている傘を持ち上げて僕のことを覗《のぞ》く。

「あんた、彩音《あやね》のなに？」

尋ねられて考える。僕は彩音《あやね》さんのなんなのか。

恋人です、と簡単に答えられたいつかが、遠い昔のようだった。

「友達です。アミーゴ」

「なにそれ、だっさ。流行《はや》んないよ？」

つまらなそうにそういってから、彼女は疑わしげに目を細める。

「友達、ね。あんたみたいなペラペラの紙切れ少年に、彩音《あやね》のなにかをわかってやれるとは思わないけど」

「…………」

「まあいいさ。勝手にあがりな。彩音《あやね》なら二階の部屋にいるからさ」

そういってタバコをプカプカさせている彼女に一礼して、僕は門扉《もんぴ》をくぐった。

「おじゃまします」

カギのかけられていない玄関ドアを開けてすぐのところにある階段を上がる。

ぎい、ぎい、と古くはみえないヒノキの床が軋《きし》んだ。

二階の一番奥にある部屋には『ＣＬＯＳＥ』の札がぶら下げられていた。

「……………彩音《あやね》さん？」

僕は部屋のドアをノックする。

ガタン、と奥で大きな物音がした。

「いるんだよね？　入ってもいいかな？」

ドア越しに話しかけてみるが、返事はない。

ノブを捻《ひね》ると、ドアは開く寸前のところで内側から引き止められた。

わずかに開いた隙間から、必死にノブを引っ張る彩音《あやね》さんの姿が見えた。

未《ま》だ染められていない向日葵《ひまわり》色の髪は十六方向に跳ね返り、目の下にはあのクレヨンで塗りつぶしたみたいな濃いクマがありありと浮き出ていた。

「ねえ、彩音《あやね》さん」

「なんの用だ⁉」

返ってきた粗暴な声に僕はおどろく。

以前はちゃんと身だしなみを整えて、品もあって、あんなに由衣《ゆい》らしくなれていたのに。

見た目も、言動も、まるで以前の彩音《あやね》さんにもどってしまっているみたいだった。

「……ちゃんと、話がしたいんだ。あの夜のことで」

「帰れ！」

「………変わるんじゃなかったのかい？」

「やめるって言った！」

「いきなりどうしてさ？」

「気持ち悪い！」

バタン、と。強引にドアが閉められる。

「………仮面を被《かぶ》る気持ち悪さは我慢するんじゃなかったのかい？」

「おまえの喋《しゃべ》り方が気持ち悪い！」

「僕の？」

――喋《しゃべ》り方。

思えばいつからか、一人称はすっかり「僕」が染《し》みついていた。

「アミーゴ。まだどこか幸太郎《こうたろう》に似てないところがあるかな？」

「………ない。アミーゴの使い方もそっくりになった」

「おまえは、それでいいのか？　鷲谷《わしや》」

　ドアにもたれかかりながら彩音《あやね》さんは言う。

「だれかに成り代わって、それを本当に『自分』だって言えるのか？」

「僕は僕だよ。ありのままの自分ってやつを変質させただけで。今はこの人格がすごくしっくりきてるんだ」

「なら、どうしてきた？」

「……」

「ずっと見てきたからわかる。だれにでもやさしい幸太郎《こうたろう》は、困っているやつがいたら助けるけど、頼られたら力になるけど、こうして頼んでもいないやつのところにまで駆けつけてきたりはしない」

「でも、キミは困っているじゃないか」

「困ってなんかない」

「困っているから、あのとき泣いていたんだろ？」

「泣いてない！」

　彩音《あやね》さんは頑《かたく》なに僕の言葉を認めようとしない。

　まるであの夜のことを――今日までのことを――すべてなかったことにしようとしているみ
「じゃあ、なにが……」

たいに。

けれど僕はもう見てしまった。

泣きながら笑おうとして、つらそうにひきつった彼女の顔を。

見てしまったのに、それを見て見ぬフリはできない。したくない。

「僕はキミの力になりたいんだ」

月下に落ちた涙の跡は、彼女が抱えていた苦悶《くもん》と葛藤の証《あかし》だった。

彼女がなにかを悩んでいるのなら。なにかに苛《さいな》まれているのなら。その問題を共有することで、僕は一緒に解決を目指したかった。

「彩音《あやね》さん」

ドア越しに、僕は彼女に呼びかける。彼女の名前を呼び続ける。

そして、やがて。

「………困ってる」

と、絞り出すような声で彩音《あやね》さんは口を開いた。

「なら、教えてほしい。キミがなにを困っているのか」

「きいてどうするんだ？」

「言ったじゃないか。力になりたいって」

「はんっ」

小さく鼻で笑って、彩音《あやね》さんは長いため息を漏らす。

僕の思いをバカにするような彼女の態度は、同時に、そんな思いを向けられる自分自身さえも嘲っているようだった。

「………わからなくなったんだ。わたしが本当はだれを好きなのか」

「だれって、幸太郎《こうたろう》くんだろう？」

ドアを挟んで下りた沈黙が、僕に懐《なつ》かしい違和感を思い出させる。

――そういえば、僕も思ったことがあった。

僕が好きな由衣《ゆい》は、はたしてこんなことを言うのだろうか、と。

幸太郎《こうたろう》とノリが合わないときがあるからといって、易々《やすやす》とべつの相手に乗り換えようとするのだろうかと。

今日だって、僕と二人で会うことを幸太郎《こうたろう》に秘密にしたりするのだろうかと。疑問に思った。

けれど、それはそもそも立てた問いからしておかしな話だ。

本物の由衣《ゆい》がすることは、それがそのまま「由衣《ゆい》」としての正解なのだから。

「相手のことを知りすぎて幻滅したのかい？」

「そうじゃない」

僕も、そうじゃない。

由衣《ゆい》が幸太郎《こうたろう》より僕を優先してくれたことがうれしくて。幸せな気持ちになれた。

けれど、ひっかかりが残った。

──由衣《ゆい》の仮面を被《かぶ》った彩音《あやね》さんなら、同じことをするだろうか、と。

僕は無意識のうちに由衣《ゆい》と、由衣《ゆい》を演じていた彩音《あやね》さんを比べていた。

「………鷲谷《わしや》。わたしが好きな幸太郎《こうたろう》に、ときどきおまえがダブる」

「……」

「幸太郎《こうたろう》ならこんなところにまではやってこない。でも、おまえはきた。そしてわたしは……くるな、くるなって思いながら、たぶん胸の奥では、きてほしいと望んでた。おまえに、わたしのことを心配してほしいって思ってたんだ。バカみたいだ。なんできた？」

「………キミの力になりたかったから」

「キミってだれだ？」

──鳩羽《はとば》彩音《あやね》。

──百瀬《ももせ》由衣《ゆい》。

「………ッ」

胸の奥がずきりと痛んでノイズにまみれる。

彼女のことについて考えようとすると、途端に思考が砂嵐の中へと飲み込まれる。

僕はいったいだれの力になりたい？　だれのことを気にかけている？　だれのことを見捨てたくないと思っている？　だれとまだ一緒にいたいと思っている？

ありのままの彩音《あやね》さんか？

それとも、やがて由衣《ゆい》になるはずだった彩音《あやね》さんか？

「…………たった二週間で、やりすぎたのかもしれない。互いの理想に寄り添いすぎて、本来の自分からかけ離れすぎて、わたしは本当に好きな相手がだれなのかわからなくなってしまった。わたしが本当に大事にしたいものがなんだったのか、自分がだれなのかも、わからなくなってきた」

──たった一枚、仮面を被《かぶ》っただけなのに。

僕だってもう、本当の気持ちがわからなくなってきている。

自分を突き動かす気持ちが、ハッキリと自分のものだと言いきれなくなっている。

自分自身が、分裂している。

「これ以上続けたらたぶん、わたしたちは取り返しのつかないまちがいを犯してしまう。だからそのまえに、わたしはこの計画を降りる」

「まちがいって？」

「なにがまちがいなのかわからなくなってるから降りるんだ」

「でも、そんな一方的に……」

「おまえは由衣《ゆい》のことが好きなんだろッ!」

張り上げられた声がミシミシとドアを軋《きし》ませる。

「わたしは由衣《ゆい》じゃない! 鳩羽《はとば》彩音《あやね》だ! 自分のことがいちばん大事で。自分のことしか考えてなくて。がさつで、粗暴で、品のない、鳩羽《はとば》彩音《あやね》だ! こんなわたしなんていなくても、おまえはもうひとりでだって幸太郎《こうたろう》になれるだろ!」

「…………」

彩音《あやね》さんのいうとおりだった。

僕はもう、どういうふうにすれば幸太郎《こうたろう》くんらしくなれるのか、なんて次元にはいなかった。口から出る言葉は自然と幸太郎《こうたろう》くんらしい言葉になるし、振る舞いは自然と幸太郎《こうたろう》くんらしい振る舞いになってしまう。

だから、ここにきてしまったことのほうが不具合なのだ。

彼女のことを必要以上気にしてしまっているのが微細なエラーなのだ。

僕の中でまだ微《かす》かに生き永らえている「オレ」の意志なのだ。

「オレ」が言っている。あの日美術室で暴れていた彩音《あやね》のように、このドアを蹴破って、強引にでも顔を突き合わせて話をするべきだ、と。そうして互いに本当の気持ちをたしかめ合うべきだ、と。

だけど「僕」にはそんな振る舞いはできやしない。それが道徳的にも、人格的にも、まちがった行為だとわかっているから。まちがったことをして、まちがった人間にもどりたくはない。

「…………」

彼女といると、心が乱れる。

僕にとってはすべてが順調に進んでいるはずなのに。ふいにそのすべてを投げ出してしまいたい衝動に駆られる。選ぶべき運命の相手を見誤りそうになってしまう。

そんな悲劇を起こさないためにも。


――彼女とは、ここで縁を切っておいたほうがいい。


「…………明日は、幸太郎《こうたろう》くんの誕生日なんだ」

言う必要のないことを、僕は喉の底から絞り上げていた。

「町内のマラソン大会に出るんだって。みんなと一緒に走って汗を流すと気持ちよくて、きっとさわやかな笑顔になれるから」

「……」

「由衣《ゆい》は、幸太郎《こうたろう》くんの応援をするってさ。一位になった彼に誕生日プレゼントのミサンガを渡すんだって。ショッピングモールでうれしそうに選んでいたよ」

「……」

「由衣《ゆい》より素敵になったキミが同じものを渡せば、きっと幸太郎《こうたろう》くんはキミのほうに靡《なび》く。そうしたら、キミがずっと抱えている迷いも消えるさ」

「…………」

「…………僕も、出る。幸太郎《こうたろう》くんより速く走って、一番にゴールテープをきって、僕も僕の中にある迷いを断ち切ってみせる。一か月なんて必要ない。明日で全部終わりだ」

僕は幸太郎《こうたろう》くんに勝つ。

勝って、僕たちの行動になにもまちがいなんてなかったのだと証明してみせる。

この胸の奥にまだ残っている彩音《あやね》さんへの気持ちも、振り払ってみせる。

僕の中で生き残っている残りカスの「自分」を完全に抹殺してみせる。

――――だから――――。

「……………待ってるよ、彩音《あやね》さん」

言う必要のない言葉は、それでもう尽きた。

僕は庭でタバコを弄んでいるお姉さんに会釈《えしゃく》をして帰路についた。

――僕らは幸せのカタストロフィ

「ねえ、ホントに走るの？」

心配そうな顔で尋ねてくる由衣《ゆい》に、僕はうんと伸びをしながら頷《うなず》いた。

青天。白日。命を称《たた》えるセミの合唱。街道に並んだ人の声援と、集ったランナーたちの熱気。

丸亀町国際ハーフマラソン大会。車道約十二キロメートルを貸し切って僕らは走る。ライバルであり仲間でもある三六〇〇名のランナーと共に。

「相馬《そうま》くん、マラソンとか出たことあるの？」

「ないよ」

「だったらいきなりこんな長距離を走るの、あぶないよ」

「アミーゴ。問題ない」

僕は連日のスクワットとランニングで鍛えた大腿《だいたい》筋を由衣《ゆい》に見せつける。

プルプルと躍動している筋繊維が「僕らに任せろ！」と叫んでいるようだった。

「僕はもう昔の僕じゃない。目標は完走じゃなくて、トップでゴールすることだ」

「トップって……まさか、幸太郎《こうたろう》に勝つつもり？」

「ああ、もちろん」

幸太郎《こうたろう》くんの人間性を真似《まね》るうちに、僕の中にあった諦観は払拭《ふっしょく》されていた。

最初から負けると思っていたら、勝てる勝負にも勝てやしない。

僕はもう、卑屈な顔で世界を睨《にら》みつけて周りに置き捨てられる鷲谷《わしや》相馬《そうま》じゃない。

今なら、幸太郎《こうたろう》くんにだって負ける気がしない。

「由衣《ゆい》の応援があれば、僕はきっといちばんになれるよ」

「…………応援、か」

「やっぱり、幸太郎《こうたろう》くんのほうを応援したいかい？」

由衣《ゆい》はすこしだけ考える仕草をしてから、首を横に振った。

「わたしはがんばってる人を応援するのが好きだから。二人とも平等に応援するね」

「うん。由衣《ゆい》らしい答えだ」

「でも、じゃあ、約束。もし相馬《そうま》くんがいちばんになったら、これあげる」

そういって由衣《ゆい》がバッグから取り出したのは、いつか買ったミサンガだった。

「……だけどそれって、幸太郎《こうたろう》くんにあげる誕生日プレゼントなんじゃ……」

「うん。だから、奪ってみて」

そういって、由衣《ゆい》は魅惑的な微笑《ほほえ》みを浮かべた。

「…………」

胸の奥で、また不快なノイズが生じる。

ひずんだ感情の果てに、彼女の――あいつの影がちらつく。

「……………相馬《そうま》くん？」

「……なんでもない。なんでもないんだ」

そうだ。ここにいない人間のことなんて気にしてもしょうがない。

僕は会場に着いてすぐに、観客の中に彼女を探した。

けれど彼女はどこにもいなかった。

つまり、それが彼女の答えなのだ。

自分を変えることをあきらめた人間のことなんて考えるだけ無駄だ。

立てた目標に向かって進めない人間に価値はない。

ずっと家に――「自分」という殻に閉じこもっていればいい。

だから今は彼女のことなんて忘れろ。そのまま永遠に忘れてしまえ。

僕は今日、ここで幸太郎《こうたろう》くんに勝つ。

勝って、幸太郎《こうたろう》くんに成り代わって。そこで彼女との関係も終わらせて。僕は由衣《ゆい》との新しい物語をはじめる。はじめてみせる。

「――――アミーゴ！」

黄色い歓声を引き連れて、スタートラインに幸太郎《こうたろう》くんがやってくる。

まだ走り出してもいないのに、相変わらず「幸太郎《こうたろう》の輪」はにぎやかだった。

そんな輪の中に、なぜか僕に向かって手を振る数人の女子がいて、首を傾《かし》げた。

なんとなく手を振り返すと、色めき立った女子たちが近づいてくる。

そうしていつのまにか僕の周りにも不思議な「輪」ができていた。

「やあ、相馬《そうま》くん。やっぱり相馬《そうま》くんも走ることが好きだったんだね」

「いやあー、やっぱり身体《からだ》を動かすのは気持ちがよくてさ。さわやかな汗を流していると、自然と笑顔になっちゃうことに気づいたんだ」

「うん。とても気持ちのいい答えだ」

僕たちが声をそろえて「はっはっはっ」と笑うと、輪になったみんなも声を合わせて笑った。全員とってもたのしそうで。そんな人たちのことを見ていると僕も気持ちがよくなって。ああ、こうしてみんなで笑い合っているのはただそれだけでいいことだなって、心から――。

「…………」

――思いたいのに、胸の奥がずきりと痛んで、気に障《さわ》る。

「……そういえば、幸太郎《こうたろう》くん。彩音《あやね》さんには会わなかったかな？」

「彩音《あやね》さん？」

幸太郎《こうたろう》くんは不思議そうに首を傾《かし》げて言った。

「彼女は、こないんじゃないかな」

「どうしてそう思うんだい？」

「だって彩音《あやね》さんはこうして〝みんなで仲良く〟することができないじゃないか」

「ああ、まあ、そうなんだけどさ」

「だからきっとあの子はずっと、ひとりぼっちでさびしく生きていくんだろうね」

そういって、幸太郎《こうたろう》くんは笑った。

僕も一緒になって笑おうとした。

なのに。表情がひきつって、頬の筋肉が麻痺《まひ》したように持ち上がらなくなる。


「…………孤独の輪郭に触れたこともないくせに」


すぐ近くで、また聞き覚えのあるような声がした。

ゾッとするほど冷たくて、どこかできいたことがあるはずなのに、だれのイメージとも重ならない声。

周囲を見回してみると、輪になった人間たちは相変わらずの顔で笑っていた。

僕はそこでようやく疑問に思う。

——彼らはいったい、なにがおかしくて笑っているんだろう？

——僕はいったい、なにを笑おうとしていたのだろう？

ひとりぼっちでさびしく生きていくしかない人間の——そうすることしかできない生きづら

さを抱えたやつの——いったいなにが可笑《おか》しいというのだろう？

以前はあたりまえに気づけていたはずのそういう違和感にさえ、僕はいつのまにか気づけなくなっていた。

——気持ちわるい。

そう思って吐き気がこみ上げてくるのも、ずいぶんとひさしぶりな気がした。

「じゃあ、二人とも、がんばってね」

そういって、由衣《ゆい》は輪から外れて沿道の人混みに消えていく。

「アミーゴ。あらためて、今日はよろしく。幸太郎《こうたろう》くん」

「アミーゴ。こちらこそ、よろしく。相馬《そうま》くん」

幸太郎《こうたろう》くんに差し出された手を、僕はぎゅっと握り返す。

そんな清らかな青春の一ページを目にして、また「僕たちの輪」が沸き立った。

その輪の中に、やはり「彼女」の姿はない。

まもなく開始のアナウンスが流れて、輪になっていた人間たちもぞろぞろと沿道のほうにもどっていく。

辺りは熱気を帯びたランナーだけになった。

心地よい緊張感と高揚が周囲を満たし、真剣な沈黙が肌に張りつく。

やがてスターターピストルを持った町内会長が登壇し、誇らしげな顔で銃口を青空へと向けていく。

「なあ、相馬《そうま》くん。そういえば、キミにききたいことがあったんだ」

全員がスタートの構えをとる中、悠然と立ち尽くした幸太郎《こうたろう》くんが口を開く。

「相馬《そうま》くんって、由衣《ゆい》のことが好きなんだろ？」

「うん。好きだよ」

僕は胸の奥でずっとちらついている影を振り払うように答えた。

いつかは打ち明けなければいけないことだった。

なら、ちゃんと決着をつけられる今、伝えるのがいい。そう思ったから。

「そうか。やっぱり」

「感想は？」

「感想か。う―ん……」

開始を告げる銃声がして、僕たちは一斉に走り出した。

「すこし長くなりそうだから、一緒に走ろうよ。アミーゴ」

†

スタートから七キロ地点で、僕以外の全員が幸太郎《こうたろう》くんに引き離された。

「いやー、やっぱり汗を流すのはきもちいいね。アミーゴ！」

僕のまえを悠々と走る幸太郎《こうたろう》くんが、また一段階スピードを上げる。

「幸太郎《こうたろう》の輪」として連なる観客が、沿道から絶え間ない声援を送っている。

「でも、相馬《そうま》くん。あんまりムリはしないほうがいいよ。熱中症とかでたおれる人も毎年いるみたいだから」

まるで自分とは無縁のことみたいに幸太郎《こうたろう》くんは話していた。

その口調からはまだまだ余裕が感じ取れる。

僕はそんな彼の背中を必死に追っていた。

「がんばるね、アミーゴ」

「一緒に、走ろうって、言ってたから」

「うん。走ろう。一緒に」

ポタポタとアスファルトに汗が滴《したた》り落《お》ちていく。

前方の景色が揺らいでいる原因が陽炎《かげろう》なのか目眩《めまい》なのかわからなくなっていた。

疲労と、熱気と、吐き気で、世界が棒アイスみたいに溶けていくようだった。

「だけど最初にゴールするのはひとりだ」

「ああ。そうだね」

「僕を抜いていちばんになるかい？」

「その、つもりだけど」

「いちばんになってどうするんだい？」

「どうって……」

「由衣《ゆい》に告白でもしてみるかい？」

「………ああ、そうしようかな」

「もし由衣《ゆい》がキミを選ぶなら、僕はよろこんで身を引くよ」

そう言いながら、しかし幸太郎《こうたろう》くんは決してまえを譲ろうとしなかった。

「……負けるはずがないって、思ってる背中だ」

「おや、バレちゃったか」

「きっとそうやって、ずっと、いろんなことを成し遂げて。認められて。成功して。勝ち続けてきたんだろうな、幸太郎《こうたろう》くんは」

「ああ。だから僕には、ありのままでいたら友達のひとりも作れないような人の気持ちがわからない」

「………だれのことを、言っているんだい？」

「僕の真似《まね》をすれば、僕に成り代われるとでも思ったかい？」

沿道に立てられた十キロ地点の看板が過ぎ去っていく。

ペース配分なんてあったもんじゃない。

全速力で走っていないと、あっという間に置いていかれてしまう。

相手はまだちっとも全力を出してはいないようなのに。

「生憎《あいにく》だけど、外面だけ取り繕ったところで、それはただの紛《まが》い物《もの》だよ」

「外面、だけじゃない」

「なら内面まで完璧にトレースできたとしても、それはやっぱり贋作《がんさく》なんだよ」

「……なにを、根拠に……」

「たとえば一か月で相馬《そうま》くんが僕と同じ人間になったとして、そのとき僕はもう一か月先の自分になっている。だから本質的にだれかに成り代わることなんてできっこないのさ」

そもそも、と幸太郎《こうたろう》くんは続ける。

「そうやって本来の自分を捨ててまでだれかになろうとすること自体、僕からしてみれば甚だバカらしい——まちがった行為に思える」

「……………人生の全部が、うまくいってるやつの発言だな」

びっしょりと服を濡《ぬ》らして肌に張りつく汗は不快で。流しすぎた水分と一緒に、幸太郎《こうたろう》くんと同じ色に染めていた髪の色が抜け落ちていく。

特長的なソフトモヒカンを保っていたワックスも流れ落ちて、伸びた前髪がだらりと垂れて額に陰鬱な影を下ろす。

いつからかずっと僕の顔に覆《おお》い被《かぶ》さっていた幸太郎《こうたろう》の仮面が、そうしてすこしずつ溶けて、剝がれていく。

「彩音《あやね》さんだってそうだ」

「彼女が、なんだって言うんだ？」

「必死に由衣《ゆい》の真似《まね》をしようとしていたみたいだけど、どれだけがんばったところで、彼女が由衣《ゆい》になれるわけなんてないのに」

「そんなの、やってみなくちゃわからないじゃないか」

「わかるよ」

稚拙な問題の答え合わせをするみたいに、ヘラヘラと笑いながら幸太郎《こうたろう》は言う。

「本物がいる以上、彼女はいつまでたっても偽物《にせもの》のままだ」

「……完璧に由衣《ゆい》と同じ外見、同じ考え方を身につければ、偽物《にせもの》じゃなくなる」

──本物よりも相手を想《おも》う気持ちが強ければ、それは本物以上に価値ある存在だ。

「そもそもそこがまちがってるんだよ、キミたちは」

くるりと身を翻《ひるがえ》し、ふざけたバック走をしながら幸太郎《こうたろう》は僕に向かって言った。

「本物以上に想《おも》いが強い紛《まが》い物《もの》なんて、迷惑なだけじゃないか」

「………………ッ！」

コースの折り返し地点でもつれた足がからまって、僕はついに地面にたおれた。

膝を擦《す》り剝《む》き、熱したアスファルトに額を炙《あぶ》られる。

「まあ、由衣《ゆい》がいないところで由衣《ゆい》のことを見習うならべつにいいけどね。僕のまえでやられても、正直、目ざわりでしかないんだよ。だから、相馬《そうま》くんから言っておいてくれないかな？　他人の仮面を被《かぶ》るような真似《まね》はやめたほうがいいって」

「…………なんで、おまえが言わないんだよ？」

「だって、僕が言ったら彼女は傷つくだろう？　僕はだれも傷つけたくない。だれにでもやさしくしていたいんだ。困っている人がいたら助けてあげたいし、たおれている人がいたらやさしく手を差し伸べてあげたい。だから、ほら」

顔を上げると、走るのをやめた幸太郎《こうたろう》がこちらに向かって手を差し伸べていた。

余裕ぶった笑みを浮かべて。オレのことを見下しながら。

「…………ッ……」

思えば、幸太郎《こうたろう》は最初からずっとそんな感じだ。

オレのことを――だれのことも対等だなんて思っていないから、こんなふうに平然としていられる。

自分に絶対的な自信を持っていて、だれにも負けるなんて思っていないから。ありのまま、心のままに笑うことができる。

自分以外のすべてを見下しているから、やさしく助けることができる。

常に自分を善人の側に置くことができる。

人生の勝者として、幸太郎《こうたろう》はオレという弱者を救済しようとしている。

それを〝気持ち悪い〟と思う心が込み上げてきて、オレはその場で嘔吐《おうと》した。

「うわっと。大丈夫かい？　相馬《そうま》くん」

沿道の観客たちがそろって嫌な声をあげる。

なのに顔だけは心配そうにしていて。内心と表情が完全に乖離《かいり》していた。

一方、幸太郎《こうたろう》はそうやって表情を繕ったりせず、素顔のままでオレのことを心配していた。

幸太郎《こうたろう》は心からオレのことを心配して、心からオレのことを救おうとしている。

オレのことを、自分より劣った人生の敗北者だと決めつけて。

「立てないのかい？　なら僕が担《かつ》いで──」

「おまえに心配されるほどオレは終わってない！」

差し伸べられた手をはじき、オレは自力で立ち上がって再び走り出す。

足を止めていた幸太郎《こうたろう》を出し抜いて先頭に繰り出す。

「…………ッ……！」

目眩《めまい》がする。喉が絞まる。足が震える。胸の奥が軋《きし》むように痛む。

スタート地点で震えていた筋肉が訴えていたのは勝算ではなく痛みで。つまりただの筋肉痛で。

スポーツとは縁遠い生活をしていた人間が高々二週間トレーニングをしてみたところで二十

二キロを走りきれるわけなんてなくて。いちばんになんてもちろんなれるわけがなくて。安物のスタイリング剤と一緒にハリボテの自信まで流れ落ちてしまったようで。現実を正しく認識した瞬間、体内のアドレナリンがパタリと供給を停止する。

息がきれて、ふらついて、今にもたおれそうになる。

みっともない。みっともないけど、オレは走り続けた。幸太郎《こうたろう》に勝つために。

──だって、負けるわけにはいかないんだ。

「そんなにがむしゃらになってまで、由衣《ゆい》と付き合いたいのかい？」

軽やかなスキップでオレを追い抜いた幸太郎《こうたろう》が言う。

「だけど相馬《そうま》くん。残念ながらもうキミの仮面は剝がれ落ちてるよ？　アミーゴ」

「なにが、アミーゴだ。くだらない」

オレは最初から幸太郎《こうたろう》と友達になったつもりなんてない。

オレはおまえを抜いていちばんにならなくちゃいけないんだ。

おまえに勝たなくちゃいけないんだ。

「……………なんのために？」

オレはオレ自身に問いかける。

なんのため？　決まってる。

オレがありのままでいることを認めてくれた由衣《ゆい》にとって、ふさわしい男になるためだ。十五年生きてようやく巡り合えた、運命のたったひとりと付き合うためだ。

……たったひとり？　本当にそうか？

オレがオレのままでいることを認めてくれる相手は、本当に由衣《ゆい》だけか？

「…………ッ」

また、胸の奥にノイズが走る。

いいや、ちがう。

本当はもうずっとまえから、オレの胸の中はノイズまみれだ。

軋《きし》むような痛みと煩雑とした感情の果てに、あいつの幻影ばかりがチラついて落ち着かない。

「……どうして？」

自分自身に問いかける。

あいつは関係ないだろ。由衣《ゆい》の代替でしかないだろ。

幸太郎《こうたろう》のいうとおり、あいつは由衣《ゆい》の紛《まが》い物《もの》だろ。

なのに、どうして。

幸太郎《こうたろう》に負けたくないと思うほど、あいつの姿が頭に浮かんでしまうんだ？

本物の由衣《ゆい》を追いやって、あいつのことばかりを考えてしまうんだ？

「――――がんばれー！」

沿道から鈴を鳴らしたような声がきこえてくる。

それは由衣《ゆい》の声だった。

集まった人混みのどこかで、由衣《ゆい》がエールを送ってくれていた。

「──アミーゴ！」

幸太郎《こうたろう》が揚々と手を振って由衣《ゆい》の声援に応える。

幸太郎《こうたろう》には由衣《ゆい》がどこにいるのかちゃんと見えているようだった。

「あんなふうに潑剌《はつらつ》とだれかを応援できるかな？　彩音《あやね》さんは」

「できるさ」

オレは軋《きし》んでぐらつく身体《からだ》に鞭《むち》を打ってスピードを上げる。

そうして遮二無二走って、幸太郎《こうたろう》を振りきろうとする。

「あいつは、由衣《ゆい》になるんだ。だからきっと、オレのことも、おまえのことも、平等に応援できる」

「できないよ」

涼しい顔でオレと並走しながら幸太郎《こうたろう》は言う。

「だってここにいないんだから。いない人に応援はできない」

「そもそも論かよ」

「そもそも論だよ、全部。そもそも由衣《ゆい》になれば人生がうまくいくなんて考えること自体、まちがってるんだ」

オレは幸太郎《こうたろう》に追い抜かれないように走る。走る。走り続ける。

オレの言葉が敗者の戯言《たわごと》になってしまわないように。

弱者の遠吠《とおぼ》えになってしまわないように。

オレと一緒にがんばっていたあいつの日々が、無意味になってしまわないように。

「あいつの努力を否定するなよッ！」

彩音《あやね》の葛藤も知らないで、それを容易《たやす》く「まちがっている」と否定してしまうやつなんかに負けるわけにはいかなかった。

勝って、オレはあいつのことを認めさせてやりたかった。

あいつがはじめて好きになった、あいつにとっての「運命の相手」に。

だから、負けるわけにはいかないんだ。

「がんばれーー！」

後ろで由衣《ゆい》の声援がきこえてくる。

今だけは、それをオレに向けられたエールだと思って力に変えようとする。

けれどすぐに力尽きて、オレはその場に崩れてまた嘔吐《おうと》した。

助け起こそうと手を伸ばしてくる幸太郎《こうたろう》を突き飛ばし、また立ち上がって走り出す。

何度も、何度も、そんなことを繰り返した。

視界がブラックアウトして完全に身体《からだ》が動かなくなったのは、ゴールまで残り七キロの地点を過ぎたところだった。

気がつくと、夏の日差しに炙《あぶ》られたアスファルトの熱が頬にあった。

──ああ、たおれたんだなと、他人事《ひとごと》のように実感する。

なにも見えない。もう指先のひとつも動かせない。

それでも耳だけはまだかろうじて機能していて。ずっとオレを応援し続ける由衣《ゆい》の声や、呆《あき》れた様子で担架を呼ぶ幸太郎《こうたろう》の声だけはきこえていた。

無様で、みじめで、死にたいくらいの敗北感だった。

「…………」

結局、ここまでなのか。

オレは幸太郎《こうたろう》には勝てないのか。

…………いや、もう、いい。そんなことは。

幸太郎《こうたろう》になんて勝てなくてもいい。

いちばんになんてなれなくてもいい。

でも────。

あいつのことを否定されたまま終わりたくない。

あいつを否定させたまま終わるわけにはいかない。

たしかに粗暴で、がさつで、品もなくて。どうしようもないところもあるかもしれないけれど。怖くて、めんどうで、付き合いにくいやつかもしれないけれど。

あいつは、それだけじゃない。

他のやつらに思われているほど、あいつは悪いやつじゃない。

――鳩羽《はとば》彩音《あやね》は。

意外とやさしいところもあって。恥ずかしがりやで。じつは繊細で。臆病で。

だから傷つきやすくて。強がりと本音の間ではあたりまえの弱さが揺れていて。

あいつのそういうところが、オレは――。

「――」

どこかで、聞き覚えのある声がする。

決して鈴を鳴らしたような声ではなくて。鐘を割ったような、がなりにも似た粗暴な声で。

だれかがオレのことを呼んでいる。

「――」

ああ、そうだ。オレはこの声を知っている。

ずっと近くできいてきた声だ。

違和感なんてひとつもない、ありのままのあいつの声だ。

遠ざかっていく意識の中できく幻聴が、あいつの声だなんてかなしすぎる。

だけど、不思議だ。あいつの声だからこそ、いつまでもこんなところでたおれていちゃいけないと思えてくる。そのための力が湧いてくる。

あいつがオレのことを呼んでいるなら、いって手を貸してやらなくちゃいけないと思ってしまう。あの日、泳ぎ方を教えてやったみたいに。

どうやら幸太郎《こうたろう》の仮面を被《かぶ》っている間に、オレはだれのことでも助けたいと思える善人になってしまったらしい。

……いいや、ちがう。

仮面なんてとっくに剝がれ落ちている。

だから、だれでもいいわけじゃない。

「──そうま」

あいつの声だから、オレはまだがんばろうと思えるんだ。

あいつが呼んでいるから、オレは立ち上がるんだ。

あいつだから、オレは──。

「──鷲谷《わしや》、相馬《そうま》ッ!!」

「──ああ、もう！　うるせえっ!!」

暗がりに呑《の》まれていた視界が光を取りもどす。

再び動き出すための力がみなぎってくる。
オレはたおれていた身体《からだ》を起こして走り出した。
担《かつ》いだ人間ごと幸太郎《こうたろう》のことは振りきった。
由衣《ゆい》の声はもう遥《はる》か後ろできこえなくなっていた。
そんな中で。
あいつの声だけが。
たしかに、きこえていたんだ。
「――鷲谷《わしや》ッ!!」
オレのことを呼び捨てにする、あいつの声。
人間でひしめきあった沿道の先に、オレはその、たったひとりを見つけた。
十六方向に跳ねた向日葵《ひまわり》色の髪。でっかいクマと、日焼けを知らない白い肌。
オレは彼女のことを知っていた。
――鳩羽《はとば》彩音《あやね》。
出会ったときと同じ姿で彩音《あやね》はそこに立っていた。
その目に大粒の涙を溜《た》めて。オレが買ってやった、あいつに似合う服を着て。
――なんだよ、結局きたのかよ。もうやめるとか言ってたくせに。
なんだよ、声なんか張り上げて。

大丈夫だよ。オレは走る。

幸太郎《こうたろう》なんか置き去りにして、真っ先にゴールテープをきってやる。

それで、おまえを────。

「────もう、いいから‼」

すれちがいざま、伸びてきた彩音《あやね》の手にオレは腕を摑《つか》まれる。

駆け抜けようとした勢いを強引に引き止められて、オレの身体《からだ》はぐにゃりと折れ曲がり糸の切れた凧《たこ》のようにたおれてしまった。

────もう、いい？　ちがうだろ。

由衣《ゆい》ならそこは「がんばれ」って言うところだろ。

幸太郎《こうたろう》なら涼しい顔で期待に応えてみせるだろ。

「…………ああ……」

でも、いいのか。もう。

おまえがそう言うんだったら、もういいか。

おまえをそんなふうに泣かせさせちまうくらいなら、もういいか。

もう、オレも、幸太郎《こうたろう》になんて、ならなくても、いいか。

「…………彩音《あやね》さん」

「うん」

「………しんどい」

小さな彩音《あやね》の身体《からだ》に抱かれながら、オレはつなぎとめていた意識を手放した。

†

張られた膜の向こうからきこえてくるような歓声で、オレは目を覚ます。

ポリエステルの白い屋根が夏の日差しを遮り、風にはためいている。

そこは救護テントの下だった。

背中に伝わってくる地面の冷たさを感じながら、オレはずいぶんまえに幸太郎《こうたろう》がゴールテープをきったらしいことを実況のアナウンスで知った。

悔しさはなかった。

むしろ清々《すがすが》しくさえあった。

――オレは、幸太郎《こうたろう》にはなれない。

そんな諦観が、ささくれ立っていた心に平穏を取りもどさせていた。

「………目、覚めたのか？」

ぶっきらぼうな声がして顔を向けると、そばに膝を抱えて座っている彩音《あやね》がいた。

どうやらずっと、そうしてオレのことをみていてくれたらしい。

「……ああ。目、覚めたよ」

「そうか」

「いちばんだってな、幸太郎《こうたろう》」

「あたりまえだ」

「いいのか？　こんなところにいて」

「なにが？」

「言っただろ。今日、あいつの誕生日だって。だから、プレゼントとか」

「向こうには由衣《ゆい》がいる。わたしがなにか渡しても、霞《かす》むだけだ」

「……悪いな。勝ってやれなくて」

　勝って、自分たちはなにもまちがってなんかいないのだと証明してみせるはずだったのに。

　逆に、まざまざと見せつけられてしまった。本物と偽物《にせもの》の間にある埋めようのない差を。

『本質的にだれかに成り代わることなんてできっこないのさ』

　最後まで走りきることもできず、こうしてテントの下で転がっているしかないオレには、あの言葉を否定することもできない。

　オレの敗北はすなわちオレたちの敗北だと、わかっていたのに。

「わたしのほうこそ、言っただろ」

　くたびれたように息を吐いて、彩音《あやね》は言う。

「もう、いいんだ」

色濃いクマをだぶつかせて綻んだその顔は、なにかをあきらめた人間が開き直って浮かべた笑みのようで。ずいぶんすっきりとした、晴れやかな表情だった。

「…………そうか」

彩音《あやね》はすでに、受け入れているようだった。

敗北も、その悔しさも。どうにか手に入れようとあがいてみた「運命の恋」が決して手の届かないものだったという事実も。

すべてを受け入れて笑いながら、彩音《あやね》はほんのすこしだけさびしそうに呟《つぶや》いた。

「鷲谷《わしや》。幸太郎《こうたろう》ならこういうとき、きっとやさしく頭を撫《な》でてくれる」

「こういうときってどういうときだよ？」

「わたしが由衣《ゆい》にはなれないんだと悟ったとき」

「…………」

ああ、きっと、幸太郎《こうたろう》ならそうする。

彩音《あやね》を励ます気持ちもないまま、ただやさしくする。彩音《あやね》の気持ちには寄り添わないまま、寄り添っているように振る舞う。それが幸太郎《こうたろう》だ。

だけどオレはちがう。

オレはもう、幸太郎《こうたろう》じゃない。

オレは幸太郎《こうたろう》のように善意をバラまくことができない――人生の敗北者たる鷲谷相馬《わしやそうま》だ。

「こっちは散々走り疲れてぶったおれてるんだぞ。撫《な》でられるならオレのほうだろ」

「由衣《ゆい》ならそうする？」

「ああ。きっとそうしてくれる」

「でもわたしは由衣《ゆい》じゃない」

「そうだな」

「それでもおまえは、わたしに頭を撫《な》でてほしいのか？」

彩音《あやね》がじっとオレの目を見つめてくる。

オレもじっと彼女の目を見つめ返す。

そうして、複雑にからまっていた気持ちにゆっくり整理をつけていく。

「…………」

「…………」

オレは藤峰幸太郎《ふじみねこうたろう》ではなく鷲谷相馬《わしやそうま》で。

目の前にいるのは百瀬由衣《ももせゆい》ではなく鳩羽彩音《はとばあやね》で。

オレたちはいつからか心にまで被《かぶ》せてしまっていた仮面を脱いで、互いの瞳に互いを映す。

そうして、自分自身と向き合う。

ずっとわからなくなっていた、自分の想《おも》いと、向き合う。

そんな長い時間があって。やがてオレは、観念するように頷《うなず》いた。

「………ああ、そうだな。オレはおまえに頭を撫《な》でてほしい」

「いやだ。キモい」

バッサリと断られてしまった。

出会った頃と同じだ。

由衣《ゆい》の仮面を脱いだ彼女は、口が悪い鳩羽彩音《はとばあやね》にもどってしまっていた。

「汗でベタベタ。整髪料でギシギシ。そんなおまえの頭なんて、わたしは撫《な》でたくない」

「ああ、そうかよ」

「だからこれは、由衣《ゆい》の残りカスだ」

そういって、彩音《あやね》はオレの頭に手を置いた。

そのまま鷲摑《わしづか》みにされた頭が、ぐわんぐわんと揺さぶられる。

「ぐええっ!? おい、こら! やめろ! 痛い! 気持ち悪い! 吐き気がする!」

「ガハハッ! どうせ走ってるときに散々吐き散らしてるんだ。腹の中のものなんてそのまま全部出しきってしまえ!」

「くそ、このっ、調子に乗るなよ!」

オレはたのしそうに笑っている彩音《あやね》の頭を摑《つか》んで同じようにシェイクする。

「な、なにするんだ!? やめろ! 酔うだろ、ばか! 目の前がぐるぐるするぅ!」

「撫《な》でてほしいんだろ？　ほら！　うれしいかよ、彩音《あやね》さん！」

「べつにおまえに撫《な》でてほしいわけじゃないのにっ！」

「オレの中にある幸太郎《こうたろう》の残りカスが勝手にこうしてるんだ。悪いがオレの意志じゃ止められそうにない」

「う、うぅ……ヤバ！　吐く！　ホントに吐く！　腹の中のものが全部出ちゃう！」

「ああ、吐け！　盛大にぶちまけろ！　オレもその上に吐いてやる！」

「くっ、くそ！　鷲谷《わしや》のくせに！　放せ！　ばか！　へんたい！　ストーカー！」

「いやだね！　てか、オレも、もう、ムリ……」

「おええええぇ……！」

「ごへえええぇ……！」

オレたちは互いにテントの下で嘔吐《おうと》した。

周りにいたスタッフが心配そうな顔をしながら後ずさりしていた。

「…………腹の中のもの、全部出した感想をどうぞ」

「……まだ全部じゃない」

青くなった顔で口元を拭いながら彩音《あやね》が言う。

「……家まで押しかけてきたの、ホントに迷惑だった。うざくて、うるさくて、死ねって思った」

「それはこっちのセリフだ。ひとりで勝手に計画から降りようとしやがって」

「買い物のとき、由衣《ゆい》に出会った瞬間デレデレしたの、ムカついた」

「あれは幸太郎《こうたろう》としてどう振る舞うのが正解か考えた結果だ」

「ウソだ。そんな間なんてなかった」

「おまえだって、プールで幸太郎《こうたろう》に助けられたとき、すっかり少女漫画の顔してただろ」

「ムカついた？」

「ああ、ムカついたね。オレだって助けにいったのに……今日みたいにあっさり追い抜かれていったけど」

「知ってる」

「オレのことなんてすっかり視界から外して、幸太郎《こうたろう》のほうばっか見やがって」

「そっちだってショッピングモールで由衣《ゆい》のほうしか見てなかった」

「おまえのことだって見てたよ」

「ウソだ」

「ウソじゃない。ただちょっと、目を奪われていただけだ」

「じゃあ、わたしもそれで」

「夜の公園ではおまえのことだけを見てたよ」

「それはわたし以外いなかったからだろ」

「正直、キレイだった」

「そりゃあ、できる限り完璧な百瀬由衣《ももせゆい》を目指したからな」

「由衣《ゆい》と比べてどうかじゃなくて。今にして思えば、あそこにいるおまえがキレイに見えていた。まるで世界がおまえの背景になったみたいだった」

「ああ、そう。偶然。わたしも、おまえのことがそういうふうに見えていなくもなかった。かっこいいとかってよりも、おまえといることが心地いいなって、そういうふうに感じる瞬間が、なくもなかった」

　オレたちは吐き捨てるように言葉を重ねる。

　一緒に空回った日々をやれやれと口にして、今と昔を切り分けていく。

「もう出したか？　腹の中のもの全部」

「ううん。まだ一個ある」

「じつはオレもだ」

「なら、そっちから言え」

「いや、おまえから言えよ。きいてやるから」

「そういうところが本当にきらい」

「それで全部か？」

「ちがう。これは今増えた」

「なら、あとはなんだよ？」

「由衣《ゆい》の仮面が、はやく溶けきってしまわないかなって思う」

「残りカスってやつか？」

「そう。おかげで自分の腹の中なのか、あいつの腹の中なのか、まだわからない気持ちが一個、わたしの中で蠢《うごめ》いている」

「オレもそうだ。幸太郎《こうたろう》として由衣《ゆい》に向けている感情なのか、鷲谷相馬《わしやそうま》としておまえに向けている感情なのか、わからないやつが一個ある」

「で、それは？」

「結局オレに言わせるのかよ」

「由衣《ゆい》ならそうするだろうから」

「まあ、幸太郎《こうたろう》なら自分から言うだろうな」

「うん」

「わかったよ」

オレは上体を起こして彩音《あやね》のことを見つめる。

そして顔のまえに手をかざし、世界と自分の間に隔たりを作る。

――たぶん、これが最後になる。

オレはボロボロの――今にも崩れ落ちてしまいそうになっている幸太郎《こうたろう》の仮面を被《かぶ》り、すこしだけ軽くなった口で言葉をすべらせる。

「オレは、おまえとこうして一緒にいる時間がきらいじゃない」

「うん」

「いろいろとムカついたり、ため息が出ることもあるけど、不器用なおまえのことを見ていると、なんだか無性に手を引いてやりたくなるんだ。その先にあるのが正しいゴールなのかはわからないけど」

「うん」

「だから、もしおまえがいやじゃなければ……今回の計画がご破算になってもさ。またなにか一緒にやってほしいんだ。というより、これからも、オレと一緒にいてほしいんだ」

「それってどういうこと？」

由衣《ゆい》の仮面を被《かぶ》った彩音《あやね》が小首を傾《かし》げる。

オレがなにを言いたいのか、もうわかっているみたいな顔だった。

わかっていながら、ハッキリと言葉にさせようとしていた。

そんな彼女に呆《あき》れながら、オレは腹を括《くく》る。

そして、深呼吸をひとつして。

オレは胸の中でずっと消えることなく光り続けていた、彼女への想《おも》いを口にした。

「――オレはたぶん、おまえのことが好きだ」

彩音《あやね》は大きく開いた目をパチクリさせる。

わかっていたはずなのに、おどろいているようだった。

おどろいて、それからほんのすこし恥ずかしそうに俯《うつむ》いて。視線を逸《そ》らした彼女の頰が、微《かす》かに赤くなっているのがわかった。

「……………もしかして、照れてたりするのか？」

「…………うるさい」

そういってから、彩音《あやね》は顔を上げて笑った。

「やれやれまったく、しょうがないなあ。わたしが本気を出すとかわいくなりすぎるのが原因だものなあ。まったく、美少女とは罪なものよなあ」

妙な喋《しゃべ》り方でバチンバチンとオレの背中が叩《たた》かれる。

痛かった。今までいちばん痛かった。もはやそれは暴力だった。

「で、おまえはどうなんだよ？」

身を捩《よじ》りながら尋ねると、彩音《あやね》はコホンと咳《せき》ばらいをして、仮面を被《かぶ》る仕草をする。

顔を覆った手を下ろし、ふっと目を細くして、やわらかな笑みを浮かべながら彼女は言った。

「わたしも、だいたい同じ気持ち」

こうしてオレたちは、互いに腹の中のものを出しきった。

今まで何度も被《かぶ》り続けてこびりついた仮面の残りカスにまみれながら。

†

一台の自転車に跨《また が》って、オレたちはあぜ道を走る。

ハンドルを握っているのが彩音《あやね》で、その背中にもたれて荷台に腰かけているのがオレだ。

ふつう逆だろ、と彩音《あやね》が言った。

べつにいいだろ、とオレは言った。

慣れないマラソンで無理をしすぎたせいで、足はボロボロのガクガクだ。

駐輪場まで歩くのだって彩音《あやね》の肩を借りなければいけないほどだった。

とてもペダルなんてこげそうにない。だから素直に代わってもらった。

「あーあ。幸太郎《こうた ろう》なら絶対わたしに漕《こ》がせたりなんかしないのに」

彩音《あやね》の呆《あき》れたような声をききながら、オレは「だろうな」と笑った。

「はやく元の自分にもどって、鷲谷《わしや》のことなんかきらいになりたい」

「もどったらきらいになるのか？」

「あたりまえだろ。好きになった女を根掘り葉掘り調べ上げるストーカーのうえに、か弱い女子を足に使うヘタレときてる。そんなおまえのどこに好きになれる要素があるっていうんだ？」

「じゃあ、今互いの胸にある好意はやっぱり幻で、オレたちの中にまだ残っている幸太郎《こうたろう》と由《ゆ》衣《い》のものなのか？」

「ちがうっていうのか？」

「いや。言わないけど」

オレも彩音《あやね》も、決して優れた人間じゃない。

運命の相手とは付き合えないと悟ったところで、世界に二人だけしかいないわけじゃあるまいし。他にもっといい条件のやつはいくらでもいるはずだ。

顔がいいやつ。性格がいいやつ。まわりの評価が高いやつ。

オレよりいい人間も、彩音《あやね》よりいい人間も、きっとたくさんいる。

だからこの胸にある気持ちは——相手のことを好きだという想《おも》いは——まだ互いの中にある残りカスに心が誤反応を示しているだけかもしれない。

由《ゆ》衣《い》だった彩音《あやね》に——幸太郎《こうたろう》だったオレに——未練をもっているだけなのかもしれない。

そう思ってしまうから、そうじゃないなんて言えないけれど。

オレにはひとつだけ、彩音《あやね》のことを好きになってしまう理由が思い当たっていた。

「おまえってさ、オレと似てるんだよなあ」

「はあ？」

「ありのまま生きていたいのに、それがままならなくて葛藤してたところとか」

「……」

「だって、いないだろ？　たいていのやつは可笑《おか》しくもないのに笑っちまうし、悲しくもないのに悲しそうにしちまう。そういうふうにしないと生きづらい世の中だから。だから、オレとおまえくらいだろ。気持ち悪いからって人前で吐いてスッキリしちまうやつなんて」

「なにが言いたいんだ？」

「つまり……そうだな。オレたちが互いに互いをちゃんと認め合うことができれば、オレたちがずっと抱えていた問題は、案外すんなり解決するんじゃないかって話さ」

オレも、彩音《あやね》も、ありのままの自分を認められた気がしたから「恋」をして、その相手に「運命」を見出《みいだ》した。

この先ありのままの自分を認めてくれる相手なんて現れないだろうと決めつけて、生き急ぐように「運命の恋」を実らせようとした。

でも。じつはそれは、小さくて大きなまちがいだったのかもしれない。

本当の運命は、意外なほど近くで騒いでいたのかもしれない。

「………ありのままの鷲谷《わしや》を、わたしが受け入れる？」

「そして、オレがありのままの彩音《あやね》を受け入れる」

互いのありのままを肯定することができたら――オレたちは互いにとっての「運命の相手」になれるんじゃないだろうか？

この胸にある好意を、もっと素直に受け入れられるんじゃないだろうか？

「そんな『運命さん』にこっちから合わせにいくみたいな……作為的な納まり方でいいのか？」

「他人に成り代わろうとしていた時点で今さらだろ」

「それは、まあ、そうだけど……」

オレは彩音《あやね》の背中にもたれかかったまま、ぼうっと首を伸ばす。

見上げた空にはひつじ雲が漂い、風にそよぐ稲の音に紛れて、どこかで秋虫の鳴き声がしている。

この青い空も、この茹《う》だるような夏も、ゆっくりと次の景色に向かって移ろっている。

「……本気なのか？」

惰性でカラカラと回っていた車輪が止まっていく。

ペダルから足を離した彩音《あやね》が、こちらに振り向いて尋ねる。

オレも彩音《あやね》のほうに顔を向けて頷《うなず》いた。

「ああ」

背中を合わせたまま、オレたちは横顔で見つめ合っていた。

「……わたしは、こんなだぞ?」

オレは彩音《あやね》のクマを指で軽く撫《な》でて伸ばす。

「オレも、こんなだ」

彩音《あやね》の細い指が伸びてきて、ためらいがちにオレの眉間に触れた。

「……オレじゃダメか?」

「……わたしは由衣《ゆい》の代わりか?」

オレは今の彩音《あやね》に由衣《ゆい》の面影を探してみる。

けれど、見つからない。

見た目も、言動も。考え方も。彩音《あやね》はもうありのままの彩音《あやね》にもどっている。

もどっているのに、オレは口にしたセリフを取り消したい気持ちには駆られない。

「おまえは、おまえだ。鳩羽《はとば》彩音《あやね》」

彩音《あやね》のいやなところはたくさんある。粗暴だし、口が悪いし、わがままだし。

でも、それだけじゃない。じつはけっこう繊細で。意外と他人のことも考えていて。強気な態度は弱気な心の裏返しで。

そういう部分に触れるたびに、オレは彼女のことを見直していった。

彩音《あやね》はただ、悪目立ちしてしまうだけなのだ。

すくなくとも、彩音《あやね》は周りに思われているほど悪いやつじゃない。

すくなくとも、オレは彩音《あやね》の良《い》いところをちゃんと知っている。

由衣《ゆい》の代わりとしてじゃない。

一枚の仮面も被《かぶ》らなくたって、鳩羽《はとば》彩音《あやね》はオレにとって、十分すぎるほど魅力的な存在だ。

「………わたしで、いいのか？」

俯《うつむ》いて、困ったように視線を泳がせていた彩音《あやね》が、不安そうな顔でオレのことを覗《のぞ》いてくる。

こんなふうに、わりと押しに弱かったりするところも、けっこう好きだ。

そう思うと表情が綻んで。オレは自然と彩音《あやね》のことを抱き寄せていた。

そして、腕の中で顔を赤くしている彩音《あやね》に言う。

「彩音《あやね》。オレは、おまえのことが――」

「――相馬《そうま》くん！」

背後で、オレを呼ぶ声がする。

鈴を鳴らしたような声だった。

時間が止まったような沈黙があった。

そんな状況で、オレは指先のひとつも動かすことができなくなっていた。

ただ、静かに、ゆっくりと。

腕の中にあるぬくもりが冷えていくのを、触れている肌の表面で感じ取っていた。

「………」

彩音《あやね》が、ぐっとオレのことを押しのける。

オレは両手に空白を抱えたまま振り返った。

「……由衣《ゆい》?」

会場から走ってきたらしい由衣《ゆい》は、オレのまえで膝に手をついて立ち止まる。

オレは自転車から降りて彼女に尋ねた。

「どうしたんだ? 由衣《ゆい》は幸太郎《こうたろう》といるはずじゃ……」

「わかれた」

と、由衣《ゆい》は言った。

「他に、好きな人ができちゃったから」

由衣《ゆい》がなにを言っているのかわからなかった。

だって、幸太郎《こうたろう》と由衣《ゆい》はだれの目にも似合いのカップルで。幸太郎《こうたろう》以上に由衣《ゆい》と釣り合うやつなんて他に思いつかない。

今日だってあいつはしっかりマラソン大会でいちばんになって。今頃由衣《ゆい》はその祝いを兼ねた誕生日プレゼントを渡して二人でたのしくやっているはずで――。

「…………わたし、やっとわかったの」

顔を上げた由衣《ゆい》がじっとオレのことを見つめる。

その大きな瞳に凜《りん》とした光を灯《とも》して。息せき切って赤くなった顔のまま、ぎゅっと結んだ口を開こうとする。

――オレの服の袖を、だれかの指先が摘んだ気がした。

「わたし、相馬《そうま》くんが好き」

向けられた言葉の意味を理解するのに、長い時間を要した。

だって、なにがどうなればそんな答えにたどり着くのかわからない。

オレはすでに一度、由衣《ゆい》にフラれている。

それでもあきらめきれなくて幸太郎《こうたろう》に成り代わろうとしたけれど、結局それは無理だとわかって。オレと幸太郎《こうたろう》の間にある歴然とした差を認めて。受け入れて。幸太郎《こうたろう》がゴールテープを切っている頃、オレはテントの下でへばっていたのに。

「…………なんで？」

「相馬《そうま》くんが一生懸命がんばってる姿に、キュンときて」

「キュンって……」

「わたし、がんばってる人が好きだから」

「幸太郎《こうたろう》だって、べつにがんばってなかったわけじゃないと思うんだけど」

「うん。でも、相馬《そうま》くんのがんばりをバカにしてた」

「……まあ」

たしかに幸太郎《こうたろう》はオレたちが他人に成り代わろうとしていることを看破したうえで、それをくだらないと吐き捨てた。彩音《あやね》の気持ちも理解しないままそんなことを言えてしまえるあいつにオレも腹が立ったし、なんとか見返してやりたいと思って走った。

だけど、たぶん、幸太郎《こうたろう》はオレたちのことがきらいなわけじゃなくて。由衣《ゆい》のことが好きだからこそ、オレたちのやっていることに拒否感を抱いたのだと思うから。

あいつの考え方には共感できなくても、あいつの感情には理解を示すことができる。

あいつはきっと、あいつなりに、自分と由衣《ゆい》の関係を守ろうとしていただけだ。

「わたし、最初から幸太郎《こうたろう》とはちょっと合わなかったの」

「そんなふうには見えなかったけど」

「相馬《そうま》くん、プールで競争する流れになったとき、あの空気……気持ち悪いって思わなかった？　勝敗なんてわかりきってるのに、どうしてだれも止めようとせず、笑ってるんだろうって」

「……ああ。思ったよ」

「わたしも思った。だからあの空気を迎合してる幸太郎《こうたろう》より、それを冷静に俯瞰《ふかん》して嫌悪《けんお》してる相馬《そうま》くんのほうに共感したの」

オレは、あの日耳にしたゾッとするほど冷たい声の主がだれだったのかをようやく理解する。

たしかに聞き覚えがあるはずなのに、まるできいたことのないような声。

『――本物のバカって、いるんだよ』

あれは、由衣《ゆい》の声だった。

「わたしと幸太郎《こうたろう》の関係はずっとそんな感じ。だから………」

「ちょっと待った」

「え？」

オレは会話を遮って振り返る。

「………やっぱりな」

ショッピングモールのときと同じだ。

彩音《あやね》は、オレをおいてひとりで帰ろうとしていた。

音を立てないように両手で自転車を担《かつ》ぎ上《あ》げて、こっそりと。

「おい、彩音《あやね》！」

オレの声にびくりと肩を竦《すく》めて、彩音《あやね》は足を止める。

やがて彼女はガシャンと自転車を下ろすと、長い沈黙の果てに振り返った。

「なんだ？」

──彩音《あやね》は、うれしそうに笑っていた。

「よかったな、相馬《そうま》。これでようやく終わりにできる」

「終わりって、なにを？」

「わたしたちの関係を」

朗らかな笑みを浮かべたまま彩音《あやね》は言う。

「おまえと由衣《ゆい》が付き合ってくれれば幸太郎《こうたろう》はフリーになる。そしたらわたしにもチャンスが巡ってくる。今日まで磨いてきた手練手管でわたしが幸太郎《こうたろう》を籠絡《ろうらく》すればそれで万事解決。ハッピーエンド」

オレはそんな話がききたいわけじゃなかった。

さっき言いかけて、まだ伝えきれていない言葉の返事をききたかったんだ。

オレの想《おも》いに対する、彩音《あやね》の答えをききたかったんだ。

「……………おまえは、それでいいのかよ？」

「悪いところなんてどこにもないだろ」

不思議そうに首を傾《かし》げて彩音《あやね》は言う。

「見事二人は破局して、互いが互いにとっての運命の相手と付き合える。わたしたちが願ったとおりの展開だ。これ以上はない。サイコー」

それとも、と彩音《あやね》は続ける。

「もしかして、さっきまでのひどい芝居を最後まで続けたいのか？」

「…………芝居って……」

「由衣《ゆい》なら、頷《うなず》いてたんだろうな、きっと。『うん、わかった。ありがとう』って。恥ずかしそうに。うれしそうに。だけどわたしは由衣《ゆい》じゃない。鳩羽《はとば》彩音《あやね》だ。おまえもそう言ってただろ。わたしは、由衣《ゆい》じゃないんだ」

彩音《あやね》は自転車に跨《またが》ると、ひとりであぜ道をこぎ出していく。

「待てよ、彩音《あやね》！　オレは、ありのままのおまえが――」

「――ありのままの鷲谷《わしや》なんて、わたしが受け入れるわけないだろ」

微《かす》かに夕焼け色の混じった空を見上げながらそう口にした彩音《あやね》が、もうこちらに振り返ることはなかった。

「わたしの運命の相手は幸太郎《こうたろう》だけなんだから。おまえなんかで妥協したりしない」

「…………」

オレは、すくなくとも本当に――ありのままの彩音《あやね》を好きになれたと思ったから、それを言葉にして伝えるはずだった。

だけど、オレにとっての彩音《あやね》ほど、彩音《あやね》にとってのオレは価値を持たなかったのだとしたら。

――オレに言えることはもう、なにも残されてはいなかった。

「鷲谷《わしや》相馬《そうま》。わたしは、おまえのことなんてきらいだ。最初から、最後まで」

そんな言葉でオレとの関係を終わらせて、彩音《あやね》はチリンと一回ベルを鳴らす。

「だから、精々お幸せに」

明るい未来に想《おも》いを馳《は》せ、陽気な笑い声をあげながら、彩音《あやね》はオレのまえから去っていった。

二人で通ってきたあぜ道には、そうしてオレと由衣《ゆい》だけが残された。

風になびく向日葵《ひまわり》色の髪が見えなくなると、忘れていた疲労感が急に膝まで昇ってきて、オレはふらりとよろけてしまう。

そんなオレの身体《からだ》を後ろから由衣《ゆい》がやさしく抱きとめる。

「だいじょうぶ？　相馬《そうま》くん」

「………ああ、うん。ありがとう」

由衣《ゆい》の顔がすぐ近くにあった。

オレが由衣《ゆい》のことを見つめていると、由衣《ゆい》もまたオレのことをじっと見つめた。

それは夢に見るほど憧れていたワンシーンだった。

がんばって走ったオレを由衣《ゆい》が支えてくれている。

オレのことを好きだと言ってくれている。

オレはそれがとてもうれしいはずなのに。

オレは幸せな気持ちで満たされているはずなのに。どうして。

──かけがえのないものを失ってしまったような虚《むな》しさが、消えてくれないのだろう？

べつのものを得れば。それを大切にできるようになれば。この胸の空白は埋まるのだろうか。

「ねえ、相馬《そうま》くん。それで……その……返事。きかせてもらってもいいかな？」

「返事？」

「…………一応、告白したつもりなんだけど」

「……………ああ……」

由衣《ゆい》は不安そうな顔をしていた。

結ばれた桃色の唇は微《かす》かに震えていて。目にはうっすらと涙が滲《にじ》んでいる。

その涙が頬を伝って、ポタリと地面に流れ落ちた。

——由衣《ゆい》は泣いていた。オレに拒絶されるかもしれないという不安で。

「…………」

彼女が不安になっているのなら。

その不安をオレに取り除いてやることができるのなら。

なにを考えずともそうするべきだと、オレは思った。

「オレが由衣《ゆい》の告白を断ったりするわけないじゃないか。今日までずっと好きだったんだから」

オレは薄っぺらの笑みを貼りつけて彼女の目元を指で拭う。

「勇気を出して素直な気持ちを伝えてくれてありがとう。うれしいよ」

オレはまた無意識に幸太郎《こうたろう》の仮面を────ちがう。

オレは、だれでもない善人の仮面を被《かぶ》ろうとしていた。

「…………」

他にもっと、なにか、言うべきことがある気がするのに。

目の前で流れる涙を拭うより先にすべきことがあるような気がするのに。

追いかけるべき背中があるはずなのに。

今日までずっと由衣《ゆい》だけを見てきたわけじゃないのに。

あいつのことを見ていた瞬間だってたしかにあったはずなのに。

口から出る言葉が──態度として現れる気持ちが──真相から遊離していく。

巨大で分厚い仮面が、オレという人間を覆い尽くしていくようだった。

「……ありがとう。わたしもうれしい」

由衣《ゆい》はふっとやわらかな笑みをこぼすと、肩にかけていたバッグからミサンガを取り出してオレに渡した。

「これ、プレゼント」

「いいのか？　オレがもらっても」

「うん。ホントは、ずっと相馬《そうま》くんに渡したいって思ってたから。今の相馬《そうま》くんなら、きっと似合うと思うよ」

由衣《ゆい》はオレの右手にミサンガをくくりつける。

「ねえ、相馬《そうま》くん。これからもどんどん成長して、どんどんかっこよくなっていってね。がんばる相馬《そうま》くんの……ううん。相馬《そうま》のこと、わたし、応援してるから」

「ああ。オレは幸太郎《こうたろう》よりも——世界中のだれよりも優れた人間になってみせるよ」

もっと優れた人間に。もっと頼りになる人間に。もっと完璧な人間に。

飽くなき思想が蠢《うごめ》いて〝無限の善性〟へとオレを突き動かす。


——自分ではない何者かに、身体《からだ》をのっとられてしまったようだった。


仮面を被《かぶ》るうちに——「自分」を塗りつぶしていくうちに——いつのまにかオレは、ありのままでい続けることができなくなっていた。

あいつがいないと。あいつのまえじゃないと。

オレはもう、オレのままではいられない。

「ありがとう。わたし、好きだよ。相馬《そうま》のそういうところ」

「こちらこそありがとう。もっと由衣《ゆい》に好きになってもらえるようにがんばるよ」

こうしてオレは由衣《ゆい》と付き合うことになった。

胸の奥底にぼんやりと浮かぶ、あいつの面影を振り払うように。

僕らはセミのように生きているのか

由衣《ゆい》と二人で過ごす夏は特別で。どこへいっても笑顔になれた。

天空を映す鏡のような湖を眺めて。海と町を一望できる鳥居の下で写真を撮って。山頂にある公園のブランコで宙を漕《こ》いで。いつも隣に由衣《ゆい》がいて。幸せな気持ちになることができていた。

気づけばオレは常にひとりではなくなっていた。

人間性のアップグレードとともに由衣《ゆい》以外にもたくさんの人から好意を向けられるようになって。いつのまにか周囲には「相馬《そうま》の輪」ができていて。世界がオレを中心に回っているようだった。

——なのに。どうしてだろう?

どこへいこうと、だれといようと、なにかがちがう気がして。足りない気がして。胸にできた空っぽの部分にはそよ風程度の虚《むな》しさがずっと吹き込んでいた。

「ねえ、相馬《そうま》」

「なんだ、由衣《ゆい》?」

「わたしのこと、好き?」

「ああ。好きだよ」

オレはふいに湧く迷いを千切り捨てるように笑った。

だって、どうせ、なにかのまちがいだ。

ずっと好きだった運命の相手と付き合えて。

手だってずいぶんと簡単に握れるようになって。

どこにも不自然なところなんてない笑みをこぼせるようになって。

まさしく思い描いていた理想の現実を手に入れることができたのに。

それでもまだ大事なものが欠けている気がするなんて。

あいつがそばにいないことを悲しく思ってしまうなんて、まちがいだ。

そう思って、オレはなにかに追い立てられるように由衣《ゆい》との夏を重ねた。

「ねえ、相馬《そうま》。今度、駅前で夏祭りがあるんだって」

「へえ」

「よかったら、一緒にどうかな？」

「もちろん。いこう」

あの日わかれて以来、あいつから連絡がくることはなかった。

ただ、どうやらあのあとすぐに幸太郎《こうたろう》と付き合いはじめたらしいということは由衣《ゆい》からきかされていた。

あいつはあいつでちゃんと幸せになれたのだとわかって。ああよかったと、オレは安堵《あんど》した。はずなのに。オレもちゃんと由衣《ゆい》のことだけを見ようと決めたはずなのに。そうすべきなのに。

「…………」

あいつのいない日常に浸ろうとするほど、寂しさが降り積もっていくようだった。

そして、胸の空っぽを埋めてくれる「なにか」を探しながら由衣《ゆい》と過ごす、二十一日目の夏がきた。

†

朧気《おぼろげ》に光る無数の提灯《ちょうちん》。香ばしい匂いを漂わせながら立ち並ぶ屋台。練り歩く人々の活気。夜の静寂を遠ざける祭囃子《ばやし》。

──縁日。

駅前の大通りで毎年開催されている夏祭りは、町の行事の中でも屈指の賑《にぎ》わいで。県内外から集まってきた人間がみんなたのしそうな顔でひしめきあっている。

ハズレくじを引いて落ち込む子どもを励ます的屋の店主や、無害をアピールして手当たり次第女性に声をかけて回っている男たちが目に入る。

そんな彼らを睨《にら》みつけていた自分はもういない。

けれど彼らを見て「なんのウソもついていないのだろう」と思うほど脳天気なわけでもない。

それが今の「オレ」だ。

以前のオレほど攻撃的ではなくて。幸太郎《こうたろう》ほど浅慮なわけでもない。

ただすこし、寛容になっただけなんだ。

――結局みんな、仮面を被《かぶ》らないと生きていけない。

それを認めて、受け入れて。オレも同じように仮面を被《かぶ》るようにしただけなんだ。

こんなオレを由衣《ゆい》は好きになってくれた。

だからオレはこれからも由衣《ゆい》が望むオレであり続けるだろう。

「ありのままの自分」なんてものは失《な》くした、だれでもないだれかとして。

無限の内省と自己研鑽《けんさん》を繰り返して。

「そうまー！」

遠くで、だれかがオレを呼んでいた。

親しげにオレを呼ぶその声に、オレは性懲りもなくあいつの姿を想像してしまう。

けれど、溢《あふ》れかえった人混みの向こうから駆けてくるのはもちろんあいつじゃない。由衣《ゆい》だ。

アジサイ柄の浴衣《ゆかた》を着た由衣《ゆい》は、いつもとはまたちがった魅力と妖艶《ようえん》さを纏《まと》っていて。片方だけ結んだ黒髪がうなじと首筋の間ではずんでいた。

提灯《ちょうちん》が下ろす橙色《だいだいいろ》の灯《あか》りが白い肌を淡く照らし、夜のコントラストが整った顔立ちを一層際立《きわだ》たせている。

下駄《げた》を鳴らして走る彼女を目にして、思わず振り返ってしまっている連中も何人か窺《うかが》える。

それくらい、今日の彼女はキレイで。

それくらい、今日の彼女はいろんな人間にとって理想の姿をしていた。

男女の隔たりもなく。万人にとっての魅力を彼女は身にまとっていた。

本当に、作り物みたいにキレイだった。

「ごめん、待った？」

「大丈夫。オレも今きたところだよ」

そういって笑いかけると、彼女も笑った。

そして慣れた様子で手に手を絡《から》めて、オレたちは恋人つなぎで歩き出す。

「じゃあ、いこっ」

「ああ」

──どうしてだろう？

あの日から、すべてが偽物《にせもの》みたいに思えるんだ。

目に映る他人ばかりじゃない。

ありのまま生きる理想形に思えていたはずの由衣《ゆい》も。そんな由衣《ゆい》と一緒にいるオレ自身も。

本当の気持ちなんてどこにもないみたいで。人間の真似事《まねごと》をしているみたいな気がして。虚飾で虚飾を覆い隠しているようで。

全部が全部、紛《まが》い物《もの》に見えてしまうんだ。

睨《にら》みつけたりしないだけで、心は以前にも増してささくれ立っているのがわかる。その心の在《あ》り処《か》もわからぬままに。

「よっと」

「やった！」

オレは射的で続けざまに一等を撃ち抜く。

由衣《ゆい》は手を叩《たた》いてそれをよろこぶ。

「ほい、ほい」

「すごい！　すごい！」

オレは水槽の中にいる金魚を端から端まで掬《すく》っていく。

由衣《ゆい》は感嘆の声をあげてそれにおどろく。

「ほら」

「ありがとう！」

オレはメロン味のかき氷を買う。

由衣《ゆい》はオレが差し出した一口を頬張っておいしそうに口角を持ち上げる。

そんなオレたちの周りには常に大勢の人間がいて。「輪」になった彼らはみんなうらやましそうにオレたちのことを見つめている。

あそこにいるのはまさに理想のカップルだと。互いが互いにとって運命の相手にちがいないと信じて。疑う素振りもなく、誉《ほ》めそやす。

たしかにそれくらい、オレも、由衣《ゆい》も、幸せそうにしていた。

幸せじゃない、わけではない。

だけど、さびしさが消えてくれない。

ずっとたのしそうにしながら。ずっとうれしそうにしながら。

ずっと、オレの居場所はここじゃない気がしていた。

「なあ、由衣《ゆい》」

「なに？」

「今って……たのしいよな？」

「うん。たのしい」

オレたちはひしめく「輪」からこっそり外れて、公園のベンチに腰を下ろす。

公園には静かな夜が降りていた。

にぎわいの中から離れてきく祭囃子《ばやし》は、どこか遠い出来事のようだった。

「なあ、由衣《ゆい》。どうして幸太郎《こうたろう》とわかれたんだ？」

オレは隣に座った由衣《ゆい》に尋ねる。

由衣《ゆい》はスプーンで掬《すく》おうとしていたかき氷をカップの上にもどした。

「なんで今、そんなこときくの？」

「ちゃんときいてなかったなって思ってさ」

「言わなかったっけ？」

「ありのままの幸太郎《こうたろう》と合わないところがあったってことくらいしか」

「それがすべてだよ」

明滅する頭上の電灯に群がる羽虫をぼうっと見上げながら、由衣《ゆい》は言う。

「わたし、まえから幸太郎《こうたろう》の短絡的なところがきらいだったの。笑っていたらそれだけで幸せなんだと思い込んだり、泣いていたらそれだけで悲しんでいると思い込んだりしちゃうところが。人間、それだけじゃないのにね。裏にはいっぱい、それだけじゃない感情があるのに」

人工的な青い光に照らされた由衣《ゆい》の横顔が夜の闇に浮いている。

彼女の顔に表情はなかった。

笑ってもいなければ泣いてもいない。

ありのままの百瀬由衣《ももせゆい》として話す彼女は、夏の温度さえ寄せつけない冷たい空気を纏《まと》って見えた。

「……でも、それ以上に、好きだったんだろ？」

「うん。好きだったよ」

「どこが？」

「きいてどうするの？」

「え？」

「今は相馬《そうま》と一緒にいるんだから。昔の話なんてしなくていいじゃん」

そういって、由衣《ゆい》は笑った。

「オレ、可笑《おか》しいか？」

「うん。おかしい。だって相馬《そうま》ったら、付き合ってからずっと、わたしとわかれるための理由を探してるみたいなんだもん」

「そんなことない」

「じゃあ、わたしのこと好き？」

「好きだよ」

「世界中のだれよりも？」

「そんなの……」

あたりまえだと、言おうとしたのに。言葉が続かなかった。

上目づかいで答えを待つ由衣《ゆい》に、オレは答えを返してやることができないでいた。

ずっと好きだったはずの相手に——運命の恋をしたはずの相手に——だれよりも好きだと言えない自分に、絶望した。

「よしよし」

そんなオレの頭をあやすように撫《な》でながら由衣《ゆい》は言う。

「わかるよ。わかる。相馬《そうま》が今なにを考えているのか。なにを戸惑っているのか。手にとるようにわかる」

彼女の言葉はすべてを見透かしているかのように超然としていて。この世のなにもかもを知り尽くしている神さまの言葉みたいだった。

「相馬《そうま》が思ってたわたしと、今ここにいるわたしのイメージが、重ならないんだよね？　どこかにすこしずつ違和感があって。なにかがしっくりこなくて。虚構じみていて。だからわたしのこと、ちゃんと好きになれないんだよね？」

「………そう、かもしれない」

「だから、ずっと理想のわたしを演じようとしてた彩音《あやね》さんのことを、まだ思い出しちゃうんでしょ？」

オレにもまだハッキリとは理解できていない感情の原因を、彼女は適切に言い当ててみせる。

──オレは、目の前にいる由衣《ゆい》と、あいつが演じていた由衣《ゆい》を、無意識のうちに比べてしまっている。

たしかに、そのとおりなのかもしれない。

だからオレは、オレのことをきらいだとハッキリ言って去っていったあいつのことを、それでも未《いま》だに思い出してしまうのかもしれない。

結局オレは、あいつに理想の由衣《ゆい》を見ているだけなのかもしれない。

「ねえ、相馬《そうま》。いいこと教えてあげよっか？」

「いいこと？」

「うん」

由衣《ゆい》はかき氷のスプーンを手に取ると、それをクルリと回して、祭囃子《ばやし》のほうへと向ける。

その先を彷徨《さまよ》わせること、数秒。

「あ、ほら、あそこ」

そういって彼女が指し示すより一瞬早く、オレは提灯《ちょうちん》の明かりに翻《ひるがえ》る鮮やかな向日葵《ひまわり》色の髪をみつけていた。

「…………！」

幸太郎《こうたろう》と彩音《あやね》が、手をつないで歩いていた。

仲睦《むつ》まじくたのしそうに笑いながらなにかを話している二人は、互いが互いにとっての理想の相手に見えた。

幸太郎《こうたろう》の見てくれがいいのはいうまでもなく。その隣にいる彩音《あやね》もあいつに釣り合うように身なりを整えていて。公園で再会したあの夜みたいに──あるいはそれ以上に、彼女はキレイになっていた。

桜色の浴衣《ゆかた》が小さな身体《からだ》によく似合っている。

クマなんてもちろんない白い肌は縁日の雰囲気からほどよく浮いていて。彼女が元来持っている美貌を提灯《ちょうちん》の灯《あか》りがこれ以上ないほどに引き立てていた。

「あっちはあっちで、うまくやってるみたいだね」

隣で由衣《ゆい》の声がする。

けれどオレは、視線の先を歩くあいつから——オレじゃないやつの隣でたのしそうにしているあいつから——目を逸《そ》らせないでいた。

「二人とも幸せそう」

「…………」

きらいだと言われたのに。互いの関係はほどよくハッピーエンドで終わったはずなのに。

あいつの姿を見るだけで、オレの胸はざわついた。

胸の空白を埋めるための欠片《かけら》はあそこにあると、オレの心が騒ぎ立てていた。

「ねえ、相馬《そうま》」

「…………」

わかれを告げられる間際《まぎわ》に感じた一瞬の想《おも》いに——打算的で作為的な運命論に——オレはまだ縋《すが》ろうとしていた。

こうして見つめ続ければ、あいつはオレに気づいてくれると信じてしまっていた。

信じて、幸太郎《こうたろう》といるよりずっと自然な笑みを浮かべて滑稽な今のオレを笑ってくれることを、願ってしまっていた。

そして、なんの因果か、偶然か。

その祈りにも似た妄信を、彼女はゆるやかに叶《かな》えていく。

幸太郎《こうたろう》に向かってこのうえなくたのしそうに笑いかけながら、それでもふいにどこか寂しげな顔をして、伏せるように流した視線を、あいつはこっちに向けて――。

「――――！」

オレとあいつの視線が重なる、寸前のことだった。

ぐりんと、オレの視界が強引に揺り動かされる。

ずっと見つめ続けて、あいつと目が合いかけた瞬間、オレの顔は逸《そ》らされた。

冷たい手が、オレの両頬を挟んでいた。

目の前には、薄く目を開けて恍惚《こうこつ》とした表情を浮かべた由衣《ゆい》がいた。

そんな由衣《ゆい》の唇に、オレの唇が塞がれていた。

いったいなにをされているのかさっぱりわからなかった。

だってそんなこと――こんなこと――まだ一度もしたことがなかったから。

時間が止まったような錯覚を覚える。

心が、凍りついていくようだった。

「……………！」

口の中にねっとりとした舌が入り込んでくる。

その得体の知れない気持ち悪さに、オレはたまらず由衣《ゆい》のことを突き飛ばした。

一声も発することなく、由衣《ゆい》はベンチの上にたおれた。

「………ッ……あっ……」

オレは慌てて由衣《ゆい》に向かって差し伸べようとした手をつかんで、引っ込める。

そして、彩音《あやね》を視界に取りもどそうと振り向いた。

けれどもう、人混みの中にあいつを見つけることはできなかった。

まだ、あの蠢《うごめ》きのどこかにいるはずなのに。

もう二度と、あいつと顔を合わせることはできない気がした。

「………ひどいんだ、相馬《そうま》。キスした彼女のことを突き飛ばすなんて」

夜に馴染《なじ》んだ黒髪が、由衣《ゆい》の額に濃い影を落としていた。

「わたしのこと、好きなんじゃなかったの？」

そう尋ねる由衣《ゆい》はしかし、ちっとも傷ついた顔をしてはいなかった。

むしろ、こうなることがわかっていたみたいに。口元には退廃的な笑みが浮かべられていた。

「………由衣《ゆい》、おまえ、どうしちゃったんだよ……？」

「なにが？」

「だってこんな、いきなりキスしてきたりとか……そんなやつじゃなかっただろ?」

由衣《ゆい》は本来、こんなふうに自分から迫ってきたりするようなやつじゃなくて。なんていうか、もっと上品で、ひかえめにくすくすと笑うやつで――。

「ふしだらなことはしたことがなくて。相手に求められるまでいつまでも待ってたり?」

「……………」

「いざそのときになると緊張して、小さく肩を震わせながら、それでも一世一代の覚悟を決めて、相手に身も心も委ねたり?」

沈黙することしかできないでいるオレを一瞥《いちべつ》して、由衣《ゆい》は言った。

「…………あぁ、きぃーもちわるい」

吐き捨てるように呟《つぶや》いて、由衣《ゆい》はベンチの上で額を抱えながら夜空を仰ぐ。結んでいた長い髪をほどいて翻《ひるがえ》し、そして彼女は高潮した声で笑った。

「…………あはっ！　あはははは っ！」

宙ぶらりんの足をバタバタさせながら。腹を抱えてゲラゲラと。

世界中の生き物をバカにしたように、彼女は笑う。

「…………由衣《ゆい》?」

「付き合って三週間だし、そろそろいっか」

そういって、由衣《ゆい》は額にあった手を下ろして自分の顔を覆う。

それはいつからかオレがしなくなった、仮面を被《かぶ》る仕草に似ていた。

彼女はゆっくりと立ち上がると、顔を覆った手を静かに下ろしていく。

そして、だれの目も届かない月下の片隅で、こっそりと。

百瀬由衣《ももせゆい》は、被《かぶ》り続けていた仮面を脱ぎ捨てた。


「――いないいない、ばあ」


下ろされた手の向こうにあった彼女の表情は「虚無」だった。

ゾッとするほど冷たくて。親しみなんて微塵《みじん》も感じさせない。

だれにも期待していない――なににも価値を見出《みいだ》していない二つの黒目がコロコロと転がっている。

見ているだけで身の毛がよだつようなその顔は、とても由衣《ゆい》のものには思えない。

オレの知らない百瀬由衣《ももせゆい》が、そこにはいた。

「清楚《せいそ》で。上品で。朗らかで。だれからも愛されていて、悪口のひとつもきこえてこないような、そんな理想の女の子」

「………」

「うんざりしてくるんだよね。そういうキャラをやってると」

「……キャラって……」

「ひかえめにくすくす笑って。いつもだれかのことを思いやって動いている人間」

口にされたのは、まさにオレが由衣《ゆい》に抱いていたイメージそのものだった。

由衣《ゆい》のイメージ。理想の人間。オレが知っている、百瀬由衣《ももせゆい》。

「だれにでも心を配って。いつでも物腰やわらかで。がんばってる人を応援するのが好きで。うれしいときにだけ笑って。悲しいときにだけ泣くことができる人間」

上擦った嘲笑が夜の公園を抜けていく。

「もしそんな女の子がいたら、そりゃあモテるだろうね。品行方正。清廉潔白。才色兼備。まるで邪《よこしま》なだれかが生み出した理想そのものだもん。きっとたくさんの人に言い寄られて、たくさんの経験をして、たくさん愛されるにちがいない。こぼした笑みも涙も等しく本物で、なにひとつ偽りのない——特別な女の子」

由衣《ゆい》は、由衣《ゆい》自身のことを、どこかのだれかの話をするみたいに語って捨てた。

それから、一拍の間を置いて。長い息を吸い込んで。深いため息にして、吐き出す。

「……………いるかっつーの。そんなやつ」

由衣《ゆい》の顔は、ひどく荒《すさ》んでいた。

オレが理想にした由衣《ゆい》とは正反対。

この世界にある醜いものや汚いものをすべて見尽くしてきたような表情。

そんなふうにうらぶれた雰囲気の彼女を、オレは今まで見たことがなかった。

「幸太郎《こうたろう》のどこを好きになったか、だったよね？」

急に声音だけ明るくして、いつもみたいな口調で彼女は語る。

「学校でいちばん人気があるってところ」

「…………それだけ？」

「うん。それだけ。それ以外、好きになれるところなんてどこにもないよ。うるさいし、暑苦しいし、アミーゴとか意味わかんないし。ペラペラで、ちっとも中身がない。言葉に人間としての深みがない。見た目だけきらびやかな、金色の折り紙みたいなやつだよ。幸太郎《こうたろう》なんて」

オレが知っている由衣《ゆい》は、そんなふうにだれかの悪口を言ったりなんかしない。

「ホントに、なんであんなのが好かれてるのかよくわかんないよね。でも、好かれてるから。じゃあ、付き合っておこうかなって」

「……好きだから付き合ってたんじゃないのか？」

「だから好きだよ。幸太郎《こうたろう》のステータスは」

「…………ステータス……？」

「学校でいちばんの人気者。外に出てもすぐ他人に頼られたりして、いつも輪の中心にいる。

そんな人が彼氏だったら、わたしの評価も自然と高くなるでしょ？」

「……………由衣《ゆい》にとって、あいつはなんだったんだ？」

「わたしを引き立ててくれる飾り物かな」

悪びれる様子もなく、あっけらかんと、彼女は言うのだった。

「わたしにとって、わたし以外のものなんて、等しくそれくらいの価値しかもたないから」

オレには、今目の前にいる由衣《ゆい》が、オレが今日まで見てきた百瀬《ももせ》由衣《ゆい》と同一人物だと、すぐには信じることができなかった。

それくらい、今の彼女と、今までの彼女はちがっていた。

両者の間には、とてつもない溝があるように思えた。

「ねえ、相馬《そうま》。幻滅した？」

由衣《ゆい》はオレのほうへと歩み寄り、そっと頬に手を宛がって尋ねる。

仮面を脱いで露《あらわ》になった真相に、悪魔的な微笑を携えて。

「……………わからない」

「なにが？」

「どうして今、由衣《ゆい》がそんなことを言うのか」

「相馬《そうま》がきいてきたんじゃん」

「………………」

「ふふっ。ごめんごめん。尋ねさせたのはわたしなのにね。わかってるのに、つい、いじめたくなっちゃった」

固まったオレの顔をペチペチと叩《たた》いて笑いながら、由衣《ゆい》は言う。

「どうして今になってこんなことを言うのか。それはね、わたしの中でのルールがあるから」

「ルール？」

「わたしね、付き合ってすこししたら〝本当の自分〟を見せるって決めてるんだ。いつまでもだれかの理想で固められた仮面を被《かぶ》ってると心がバキバキにぶっ壊れて自分がだれなのかわからなくなっちゃうから。だからわたしのいちばん近くにいる人にだけは、ありのままのわたしがどんなふうなのか知っておいてほしいなって」

「……………ありのまま……？」

「そう。だからこっちが本当の百瀬由衣《ももせゆい》。他人の応援なんてくだらない。常に自分のことだけを考えて、周りをいたずらに振り回しちゃうわたしが、百瀬由衣《ももせゆい》」

目の端を微《かす》かに垂らして、小さく首を傾《かし》げながら、彼女は尋ねる。

「こんなわたしは、きらいになる？」

「…………」

「なれるわけないよね？　だってわたしのこと、好きなんだもんね。こそこそあとをつけたり、双眼鏡で日夜監視しちゃうくらいに」

「……バレてたのか」

「もちろん気づいてたよ。フッた相手がストーカー化することとか、わりとよくあることだし。だけど相馬《そうま》は気づかなかったみたいだね。わたしが本当はこういう人間だってこと」

「…………だって、そんな素振りみせなかった」

「見られてるの、わかってたから。繕うくらいわけないよ。カーテンを閉じて眠るまで百瀬由《ももせゆ》衣を演じるのなんてわけない。わたしは十五年もずっとこのキャラを演じ続けてるんだから」

「でも、美術の時間……ノーメイクだって言って……ウソがない、本物みたいな笑みで……」

「本物みたい、だったでしょ？」

「…………ッ」

「わたし、ずっと本性を隠して生きてきたんだよ？　周りの有象無象とちがって、自覚的に。意識的に。日常的に。気構えのひとつも必要とせずに仮面を被《かぶ》ってきたんだよ？　遍《あまね》く人にとって理想の仮面を。心から笑っているみたいに笑うのなんて簡単だよ。相馬《そうま》の目を欺くくらい、だから、簡単なんだよ？」

「…………だったら……！」

オレは頰に宛がわれていた手をとって尋ねる。

「だったらなんで、オレを選んだんだよ？　オレはあの日、幸太郎《こうたろう》に負けた」

「付き合うのに体力は関係ないよ。足の速さが魅力につながるのは小学生まで」

「体力だけじゃない。人間性だって、オレはあいつに勝ててない」

「そうでもないよ」

重なった手を、由衣《ゆい》はグイと自分のほうに引き寄せる。

バランスを崩したオレは由衣《ゆい》もろともベンチの上にたおれてしまう。

そうして覆いかぶさったオレの身体《からだ》を、由衣《ゆい》の華奢《きやしや》な身体《からだ》が受け止める。

鼻先を掠《かす》める由衣《ゆい》の髪からはいい匂いがした。

シャンプーの匂いに紛れて漂うのは、香水の匂いだった。

「すくなくとも今の相馬《そうま》は、幸太郎《こうたろう》より物事の本質が見えてる」

「本質ってなんだよ?」

「ありのままで生きようとするのは無意味なことなんだって、ちゃんと気づいてる」

「…………ちがう。オレは……!」

「じゃあ、なんで幸太郎《こうたろう》になろうとしたの?」

「それは……」

「このままの自分じゃいけないって思ったからじゃないの?」

そのとおりだ。だからオレは自分を変える決意をした。

自分ではないだれかになって、それを「自分」だと呼べるように努力した。

「その選択は正しいよ。ありのままの自分なんてだれも受け入れてくれない。幸太郎《こうたろう》が特別なだけだよ。ふつうはみんな、大なり小なり、自分を偽って生きてるんだ。わたしもそうだし、相馬《そうま》もそう。そうしないとみんな、うまく生きていくことができないから。うまく生きられないと、人生はつらすぎるから」

由衣《ゆい》が淡々と口にする回答は、オレが悟った真実の輪郭を的確になぞっていた。

かつてのオレはその答えを拒絶した。

拒絶して、眉間にシワを刻み込んで、どれだけつらくても、ありのままの自分で生きていきたいと願った。

一方、由衣《ゆい》はその答えを受け入れることを選んだ。

ありのままでいることを放棄して、他人に受け入れられるための仮面を被《かぶ》った。それでも本当の自分を見失ってしまうことがないようにと、こうしてカミングアウトという方法で由衣《ゆい》なりに自分を守ろうとしている。

オレと同じく、由衣《ゆい》も「自分」の大切さを知っている。

——オレと由衣《ゆい》は、もしかすると根本のところでは似ているのかもしれない。

逆に言えば、オレと由衣《ゆい》は、根本のところでしか似ていない。

「相馬《そうま》だって、もし最初からわたしがこんなふうに冷めた考え方をしてる、わがままでウソ吐きな女の子だって知ってたら、わたしのことなんて好きになってなかったでしょ?」

否定できなかった。

オレは彼女が普段見せている顔こそがありのままなのだと勘ちがいして、仮面《かぶ》を被った由衣《ゆい》のことを好きになったのだから。

オレはずっと、本当の由衣《ゆい》に目を向けることができていなかった。

「それはなにも悪いことじゃない。しかたがないことなの。だから相馬《そうま》が幸太郎《こうたろう》になろうとしたことでようやく周りに認められるようになったのも、やっぱりしかたがないことなんだよ」

「……………オレは、どっちの由衣《ゆい》を由衣《ゆい》だと思えばいいんだ？」

「どっちでもいいよ。好きになれるほうをわたしだと思えばいい。幸太郎《こうたろう》もそうしてたし」

「幸太郎《こうたろう》も？」

「うん。同じように付き合ってからすこしして本性を明かしたら、幸太郎《こうたろう》もおどろいたみたいだったけど、それでもちゃんと選んだよ」

「どっちを？」

「幸太郎《こうたろう》がわたしだと思っていたほうのわたしを」

「……」

「だから相馬《そうま》もそうすればいい。大丈夫。今のこれは、ただのネタばらし。相馬《そうま》が望むなら、これからもわたしはわたしを演じ続けてあげるから。相馬《そうま》はわたしの真相を知ったうえで、完璧な百瀬由衣《ももせゆい》と、すべてを見下した百瀬由衣《ももせゆい》──都合のいいほうを愛してくれればいいよ」

「………………」

オレが好きになったのは、完璧な百瀬由衣《ももせゆい》のほうだ。

だからどっちのほうが愛しやすいかなんてわかりきっている。

わかりきっているのに。

「……じゃあ、なんで〝どっちが本当の自分か〟なんて明かしたりしたんだよ？」

「言ったじゃん。心がぶっ壊れないようにするためだって」

「心のバランスを保つためだけなら、そ、う、い、う、一面があるって言い方でも十分なはずだ」

「…………」

繕われた百瀬由衣《ももせゆい》と、ありのままの百瀬由衣《ももせゆい》。

どちらのほうが愛されやすいかは、由衣《ゆい》だってわかっているはずだ。

由衣《ゆい》はその、怖いほど俯瞰《ふかん》することに慣れた目で、常に他人の目を意識して自分を偽ってきたのだから。

今さら自分の真相を明かしたところで、それがだれからも愛されそうにないことなんて、きくまでもなくわかっているはずなのに。

どうして、すべてを悟っているように語りながら——仮面を被《かぶ》るかどうか——その最終的な判断を、オレに委ねようとするのか。

「本当は、由衣《ゆい》もありのままの自分を好きになってほしいんじゃないのかよ？」

「それが無理なことだって、相馬《そうま》もこの夏を経てわかったでしょ？」

ああ、そうだ。

オレは他人に成り代わることでようやく周囲に認められた。

由衣《ゆい》の恋人になることができた。

オレがオレのままでいてもだれにも認められることなんてなかった。

だけど、たったひとりだけ――ちがっていたかもしれないやつがいたんだ。

もし、あとほんのすこし、あいつに考える時間があれば。

オレにあいつの本音をきき出してやれる器量があれば。

あのときのあいつは、べつの答えをくれたような気がするんだ。

「でも、大丈夫だよ」

オレの顔を見つめながら、由衣《ゆい》はオレの手と手を重ねる。

「わたしなら、ありのままの相馬《そうま》を認めてあげられる」

そういって微笑《ほほえ》む由衣《ゆい》の顔には、微《かす》かな慈愛が滲《にじ》んでいた。

「わたしが相馬《そうま》を選んだ本当の理由が、それ。幸太郎《こうたろう》とちがって、相馬《そうま》はわたしと同じ葛藤を抱えてる。だから幸太郎《こうたろう》よりも、きっと心を近づけられる」

つながれた手が由衣《ゆい》の左胸へと引き寄せられる。

やわらかな膨らみの向こうから彼女の心音が伝わってくる。

由衣《ゆい》の心臓はわずかばかりの高鳴りを示し、一秒よりは短い間隔で鼓動していた。

「……ありのままのオレはダメだって言ってたじゃないか」

「ありのままでしかない相馬《そうま》はダメだよ。でも、今の相馬《そうま》はちがうでしょ？　ちゃんと社会性の仮面を被《かぶ》って過ごせてる。必要に応じて表情を繕えてる。笑う必要があれば笑うし、悲しむ必要があれば悲しんだフリをすることができてる。だから、ちゃんとわたしが侍《はべ》らせてる虚像の『百瀬由衣《ももせゆい》』と釣り合ってる」

「………本当は、オレはこんなふうになりたかったわけじゃない」

ただ、由衣《ゆい》と付き合うことができればよかった。

ありのままの自分を認めてくれる相手がほしかった。

それだけしか考えられていなかった。

そして、今のオレはすでにその願いを叶《かな》えている。

なのに、止まれない。善人でいることをやめられない。

もっと多くの人から頼られるために。もっと多くの人から愛されるために。

無意識のうちに表情を、行動を、繕ってしまう。

自分を偽る仮面を被《かぶ》ってしまう。

オレは、こんな人間になりたかったわけじゃない。

「だから」

と、いつか右手に巻いてもらったミサンガが引かれる。

そうして近づいたオレの顎を押し下げて、由衣《ゆい》は開いた口に言葉を流し込む。

「わたしと一緒にいるときだけは、ありのままの相馬《そうま》でいればいいよ」

「……由衣《ゆい》と、いるときだけ？」

「そう。他の人のまえでは今の立派な相馬《そうま》でいて、わたしと二人でいるときだけ本当の相馬《そうま》にもどればいい。薄い化粧しかできないペラペラのやつがきらいで、気持ちがすぐ顔に出て、虚像のわたしに運命的な恋をした、愚かで情けない鷲谷《わしや》相馬《そうま》くんにもどればいい。そうやって、使いわければいいんだよ」

「……」

本音と建前を――真相と虚像を使いわける。

それはいかにも、仮面を着脱するようだと思う。

ありのままの自分と、周囲が求める理想の自分。

きっと由衣《ゆい》はそうやって、二つの自分を使いわけてきたのだろう。

「ねえ、相馬《そうま》」

由衣《ゆい》がそっと唇を尖《とが》らせる。

彼女は自分から強引にしてきたキスを、今度はオレからするように求めていた。

そういう行為の交換も、彼女の本性を知った今ではひどく打算的なものに思えてしまう。

「……由衣《ゆい》は、オレに運命を感じたりするか？」

「……え？」

おどろいたように由衣《ゆい》が目を開く。

そしてしばらく逡巡《しゅんじゅん》した後、冷めた一笑をこぼして言った。

「ううん。運命なんてちっとも感じない。たぶん高校を卒業したら大学に進んで、そこでわたしは相馬《そうま》よりもっと優れた人間と付き合って、もっと居心地のいい場所を見つけるんだと思う。だけどそれもべつに運命の相手なんてキラキラしたものじゃない」

まるで未来でも見てきたような口ぶりで彼女は語る。

「運命なんて、そんなもの──仮面を被《かぶ》った瞬間からもう、見えなくなるんだよ」

だけど、と由衣《ゆい》は続けた。

「もしも相馬《そうま》がありのままのわたしを認めてくれたら……本当のわたしを好きになってくれたら……いつか相馬《そうま》のことをそう思えるようになる日がくるかもね」

冗談でも言うように笑ってから、由衣《ゆい》はもう一度唇を尖《とが》らせる。

そこから先、どうするかをオレに委ねて。

「…………」

オレはやさしく由衣《ゆい》の頭の後ろに手を回した。

そしてゆっくりと彼女の口に自分の唇を近づけていく。

キスなんてしようとしたこともないのに。ずいぶん慣れた仕草だと、自分自身を俯瞰《ふかん》しながら思う。

こうして由衣《ゆい》を抱いているのも。曖昧に首を傾けているのも。薄く目を開けたままなのも。全部。オレじゃないだれかの仕業みたいだ。

——オレの身体《からだ》が、オレじゃないだれかにのっとられている。

由衣《ゆい》と過ごしている間は、ずっとそうだ。

オレという人間に、大きな仮面が覆いかぶさっている。それを脱げないでいる。

身体《からだ》が勝手に動いて、思ってもいないような甘いセリフを口ずさんでしまいそうになる。

だから、ありのままでいることを由衣《ゆい》に許されても、オレはもうありのままではいられない。

どうしても、こんなふうにかっこつけてしまう。

それが、オレが由衣《ゆい》のことを意識しているからなのか、ずっと幸太郎《こうたろう》になろうとしていたことによる弊害なのかは、わからない。

でも、もう、ダメだった。

オレはオレを止められそうにない。

求められるまま唇を尖《とが》らせ、今にも実体のない愛を嘯《うそぶ》こうとしている。

自分ではないだれかとして、責任もとれないまま彼女を愛そうとしてしまっている。それがだれも幸せにしないことはわかっているはずなのに。

もしこれがだれかに成り代わろうとした罰なのだとしたら、やはり仮面なんて被《かぶ》るべきじゃなかった。

自分が自分でなくなってしまうなら、そこにもう幸せはない。

大切なものを失ってしまった人生を、オレはおそらく死ぬまで肯定できない。

「…………大切な、もの……？」

のっとられたように動いていた身体《からだ》が、そこでピタリと止まった。

「…………相馬《そうま》？」

オレはオレ自身に問いかける。

――オレにとって大切だったものってなんだ？

決まってる。それはありのままの自分でいることだ。

「…………ッ」

胸の奥にノイズが走る。

ひずんだ思考の奥で、だれかのがさつな笑い声がする。

それがだれなのか、考えれば考えるほど、あいつの面影が浮かんでくる。

「…………大切だったもの…………」

自分自身に問いかける。

――オレにとってあいつは大切だったのか？

だとしたら。だからこそ、断ち切るべきなんじゃないのか？

あいつは幸太郎《こうたろう》と幸せそうにしていたのだから。

オレにとってのあいつほど、あいつにとってのオレは価値を持たないのだから。

あいつのためにも、オレは――。

「…………！」

「…………！」

そのとき、爆音と共に夜空で大輪が開いた。

互いの唇の間にある数センチの空白で、七色の光が夜の闇を撃ち抜いて躍る。

オレの真相を覆い隠していた分厚い仮面が、差し込む閃光《せんこう》に切り裂かれるようにパラパラと剝がれ落ちていく。

「…………ちがう…………」

あいつのためだなんて詭弁《きべん》だ。キレイな言葉で自分を欺いているだけだ。

本当のオレは、そんなにまっとうな人間じゃなかったはずだ。

だれかのことを慮《おもんぱか》って身を引けるほど潔《いさぎよ》い人間でもなかったはずだ。

そんな人間だったなら、最初からこんなふうにこじれていない。

本当のオレは――。

――オレの真相は、もっと醜く歪《ゆが》んでいる。

「…………」

打ち上がり続ける花火の音が心臓を揺らす。

視界さえも染め上げる強烈な光で、オレが胸の奥にずっと押し込めてきた思いを打ち鳴らす。

そこに「心」があるのだと知らしめて、仮面で塗り固めていた本当の気持ちを炙《あぶ》り出す。

オレにとって〝本当に大切だったもの〟を思い出させる。

「………ごめん、由衣《ゆい》」

――オレは、あいつのところにいかなくちゃいけない。

「―――相馬《そうま》ッ！」

ベンチから飛びのいて走り出そうとするオレの背中に、由衣《ゆい》の声が突き刺さる。

「どうして⁉　彩音《あやね》さんは相馬《そうま》のこと、きらいだって言ったんだよ⁉」

「ああ！　言われた！」

「あっちはあっちで、ちゃんと幸せそうだったよ⁉」

「ああ！　そう見えた！」

「じゃあ、なんでそっちにいっちゃうの⁉　そっちに相馬《そうま》の居場所はないのに！」

オレは足を止めて振り返る。

視線の先には、今にも泣き出してしまいそうな顔でこっちを見つめる由衣《ゆい》がいた。

それが彼女の真相なのか、それとも偽りの仮面なのかはわからない。

けれど、そのどちらであったとしても。オレは彼女の涙を拭うわけにはいかない。

「……………つい、自分の中にあるちっぽけな善性をつかまえて、それが『自分』なんだって言いたくなっちまう。オレはあいつの幸せを考えていて、だからこそ離れるべきなんだって。由《ゆ》衣《い》のためにも、由衣《ゆい》の望みを叶《かな》えてやりたいだなんて。キレイな言葉で自分をごまかしちまう。でも、本当はちがうんだよ」

「なにがちがうの？」

「本当のオレは、そんなふうにだれかを思って行動できる人間じゃないんだ。ありのままの自分がなにより大切で。それを認めてくれるだれかをずっと探していて。それ以外のやつはみんなきらいで。そんな、どうしようもないやつなんだよ」

ありのままのオレを認めてくれたと思ったから由衣《ゆい》に惹《ひ》かれて。彼女の恋路を捻《ね》じ曲《ま》げてでもオレのほうに振り向かせたくて。そのために幸太郎《こうたろう》に成り代わって。

いつだって本当のオレが考えているのは、オレのことばかりだ。

そんな「自分」にほとほと嫌気が差して。

同時に。そんな「自分」を大事にしたくてしかたがない。

「……………わたしじゃ、ダメなの？」

「……………ダメなんだ」

オレは由衣《ゆい》に向かって言葉を放つ。その言葉が彼女を傷つけてしまうとわかっていながら。

自分の気持ちを偽らないために、ありのままの言葉を放つ。

「由衣《ゆい》がいいっていってくれても、オレはもう、由衣《ゆい》のまえだとどうしてもかっこつけちまう。今だって、そんな顔でこっちを見つめてくる由衣《ゆい》のほうに駆け寄って、抱きしめて、反省と一緒にやさしいセリフのひとつでも口にしたくなっちまってる。ちっともやさしくなんてないのに、やさしいフリをしてしまいそうになってる」

「いいよ、相馬《そうま》がそうしたいなら」

「いやなんだよッ！」

オレはそんなふうに自分を偽りたくない。

いくら他人に求められても。持《も》て囃《はや》されても。

自分のことを大切にできない自分を、オレは好きではいられない。

「本当のオレはもっと自分勝手で、自己中心的で、だれとも輪になることができない——好きな女子をこそこそつけ回して、その生活を日夜観察しちまうようなやつなんだ。そんな気持ち悪いオレが、そのままでいられるのは、たぶんもう、あいつのそばしかないんだよ」

あいつは幸太《こうた》郎《ろう》と一緒にいられて幸せなのかもしれない。

オレのことなんて気持ち悪くて煩わしいやつとしか思ってないのかもしれない。

オレのことが本当にきらいで、きらいで、しかたがないのかもしれない。

それでも、オレは────。

────あいつがきらっている、オレのことを好きでいたいんだ。

「だからオレは、オレが好きなオレでいるために、あいつのところにいかなくちゃいけないんだ」

オレは結局、他のだれよりオレのことが大好きで。

そんなオレを、オレのままでいさせてくれる相手が大切なんだ。

だからオレは、あいつのことを取りもどさなくちゃいけない。

あいつにとっての「運命の相手」から。他でもない、オレ自身のために。

「…………なに、それ。相馬《そうま》はわたしのことが好きだったんじゃないの？」

「ああ」

「運命とか、勝手に感じちゃってたんじゃないの？」

「ああ。そのとおりだよ」

品行方正。清廉潔白。才色兼備。オレと真逆の人間だと思っていた百瀬《ももせ》由衣《ゆい》は、じつは案外オレと似ていて。同じ闇を抱えながら、オレとはちがう光を放っていて。出会うべきたったひとりの女の子に出会えた気がした。今もしている。

百瀬由衣《ももせゆい》はオレにとって、まさしく運命の相手だった。

その確信は今も揺らいでいない。

「運命を感じてるならそれでいいじゃん！　どこにもいかなくていいじゃん！　ずっと、わたしと一緒にいればいいじゃん！」

「一緒には、いられない」

オレは由衣《ゆい》といると、どうしても仮面を被《かぶ》ってしまう。

ありのままの自分でいることを許されても、ありのままではいられない。

だから、オレは由衣《ゆい》から離れなくちゃいけない。オレがオレらしくいるために。

「………結局、相馬《そうま》もありのままのわたしを受け入れてくれないの？」

「そんなことない」

ぎゅっと唇を噛《か》みしめて、喉を震わせている由衣《ゆい》にオレは言う。

「今の由衣《ゆい》が本当の由衣《ゆい》だって言うのなら、オレはそれを受け入れるよ」

「ウソつき！　ちっとも受け入れてくれてないじゃん！　今にもわたしじゃない人のところにいっちゃおうとしてるじゃん！　結局、ありのままのわたしのことなんて………だれも愛してくれないいじゃんっ!!」

「――百瀬由衣《ももせゆい》ッ!!」

オレは腹の底から想《おも》いをせりあげて、偽りのない気持ちを伝える。

「──オレは今でも、おまえのことが他のだれより大好きだッ‼」

「……………はあ⁉」

「正直、さっきだってキスしたくてたまらなかった！　なんかめちゃくちゃいい匂いとかするし！　唇とかエロいくらい艶《なま》めいているし！　さりげなく胸とか当ててくるし！　茹《ゆ》でたてのたまごかよってくらいにやわらかかったし！」

「い、いきなりなに言ってんの⁉　キモイよ⁉」

「本当の由衣《ゆい》について教えてもらえたときも、おどろいたけど、同時にうれしかった。だって、オレと同じだったから。同じように人間嫌いで。同じようにありのままの自分を大事にしたいと思っていて。ああ、やっぱり由衣《ゆい》はオレにとって理想の女で、運命の相手なんだって思った！　だからオレは、由衣《ゆい》の仮面も、真相も、どっちも好きでいられる自信がある！」

「意味わかんないっ‼」

「どんな由衣《ゆい》も、めちゃくちゃタイプだってことだよッ‼」

「…………！」

「だけどこんなこと、たぶんあと一歩でもそっちに近づいたら、オレは途端に言えなくなる！　どうせキスをするならもっとふしだらなやつがいいのに。その胸だって本当は欲望のまま揉《も》みしだいてみたいのに。かっこつけてできなくなるんだ！　だらしなく鼻の下を伸ばしちまうのが恥ずかしくて、仮面を被《かぶ》らずにはいられないんだ！　最悪だ！　目の前に百パーセントの女の子がいるってのに、オレは手袋をつけないとおまえに触れることもできない！　それで……そうやって否応《いやおう》なく自分を繕って悶々《もんもん》としているうちに、由衣《ゆい》にはもっといい男が言い寄ってきて、いつかそいつが由衣《ゆい》にとっての『運命の相手』になるんだ！」

「…………」

「…………だから、べつに仮面なんて被《かぶ》らなくてもいいじゃないか。オレとちがって由衣《ゆい》はまだ、いつでも、どこでも、〝ありのまま〟でいられるんだから。今みたいに相手を品定めしているような由衣《ゆい》は、たしかに人間としては歪《ゆが》んでいるのかもしれないけど、そんな由衣《ゆい》に魅力がないかって言われると、全然まったくそうは思わない。共感もできるし、好感も持てる。そう思うやつはきっと、由衣《ゆい》が悲観しているほどすくなくはない。だから……ああ、くそ……ッ！　そういう人の中で、素直な気持ちをちゃんと言葉と行動に表せるやつが、悔しいけど……オレなんかよりずっと、由衣《ゆい》のことを幸せにするんだ」

思いの丈を言葉にしながら、悔しさで嚙《か》みしめた歯茎から血が出てくる。

本当に、なんでオレがその〝たったひとり〟になれないんだと、自分のふがいなさを呪って頭を抱えてしまう。

そんなオレのことを呆然《ぼうぜん》と見つめていた由衣《ゆい》が、やがてポツリと呟《つぶや》いた。

「…………なに、それ」

ずっと悲嘆に暮れる顔をしていた由衣《ゆい》の口元から、ふっと笑みがこぼれ落ちる。

可笑《おか》しくもないのに笑うことには慣れていると由衣《ゆい》は言っていたけれど、その一瞬の表情までもが作り物だとは思えなかった。

まあ、オレの目なんて彼女にはいくらでも欺けるのだろうけど。

「とにかく、ありのままの由衣《ゆい》は、由衣《ゆい》が思うほど無価値じゃないってことだよ」

「ねえ、なんでさっきからわたしが励まされてるみたいになってるの？　これじゃフラれてるのか告白されてるのかわかんないんだけど！」

「どっちもだよ」

「バカなんじゃないの？　きもちわるい。三回くらい死んだらいいのに」

由衣《ゆい》がセミの死骸をバリバリ食べているやつでも見るような顔で眉をひそめる。

オレはそんな由衣《ゆい》にゾクゾクしながら踵《きびす》を返《かえ》す。

「――相馬《そうま》っ‼」

そしてオレは、背中越しに彼女の声をきく。

「…………もしも……もしもわたしが、今！　両目に込み上げてきてる涙が偽物《にせもの》じゃないって言ったら……本当はちょっとだけ…………風にさらわれる砂粒くらいは相馬《そうま》に運命みたいなものを感じてるって言ったら……相馬《そうま》のこと、ホントは手放したくないって言ったら！　もう一回、わたしのほうに振り向いてくれる?」

オレは握りしめた手のひらに爪を食いこませながら首を横に振った。

「オレにとって由衣《ゆい》は紛れもなく運命の相手だ。だけど、今のオレには運命よりも大切なものができちまったから」

「………なまいき」

長いため息でも吐くように由衣《ゆい》は言葉を落としていく。

「今ここでわたしのこと置いていったりしたら、相馬《そうま》は絶対後悔するよ? ああ、やっぱりあのときキスのひとつくらいしといたらよかったって、絶対思うよ? 重ねた唇を離した瞬間にわたしがどんな声をもらすのか想像して夜も眠れなくなるよ? あの豊満な胸をまさぐりながら人生について哲学してみたかったって悶々《もんもん》とし続けるよ? ありえないって言いながら、それでもありえたかもしれないわたしとの未来ばかり空想して死にさらばえることになるよ?」

「ああ。まちがいない」

「………それでも、いっちゃうの?」

「ああ」

「………なるほど。最低で、最悪だ」

かみしめるように呟《つぶや》いて。想《おも》いを飲み込むようにうなずいて。

由衣《ゆい》は、花火の音さえはねのけるくらいに声を張った。

「そんなバカで愚かな相馬《そうま》に…………相馬《そうま》くんなんかに！　やっぱり運命なんて感じるわけがない！　耳元で偽りの愛を囁《ささや》いてあげる気にもならない！　これっぽっちも！　好きになんてなるわけない！　あぁっ！　可笑しいったらない！」

腹を抱えて、潑剌《はつらつ》と。大きな笑い声をあげながら、由衣《ゆい》は叫ぶ。

オレへの気持ちを、夜空の彼方《かなた》まで放り捨ててしまおうとするみたいに。

「なら、もう知らない！　どこにでもいっちゃえっ‼　ばーか！　運命の恋をほっぽり出して、とっとと居心地のいいだれかさんと仲直りして、それで、ありのまま、気持ちのままに……頭まで幸せになっちゃえっ‼　ばーか！」

「ああ！」

「ばーか！　ばーか！　相馬《そうま》くんの、ばぁーかっ‼」

オレは由衣《ゆい》をおいて祭囃子《ばやし》のほうへと走り出す。

右手に巻かれていたミサンガが音もなく千切れて地面に落ちた。

背後では由衣《ゆい》の笑い声とも泣き声ともつかない罵倒がきこえていた。

†

炸裂《さくれつ》する花火が提灯《ちょうちん》の灯《あか》りを上染めしていく。

ぼやけていた世界が極彩色に色づいていく。

爆音が鳴るたびに立ち尽くしている人々が歓声をあげる。

通りを埋めるそんな人の群れをかき分けて、オレは走る。

押しもどされて、もつれそうになる足で、あいつの背中を追い求める。

「……はあ、はあ……！」

——出会ったときの印象は最悪だった。

だって、金属バット片手に美術室のものをやたらめったら叩《たた》き壊《こわ》して暴れてたんだ。そりゃ、引くに決まってる。

乱暴で、わがままで、そんな「自分」でいることに強いこだわりを持っているくせに。幸太《こうた》郎《ろう》のまえでは縮こまって。ちゃんと顔を見て話すこともできないくらい臆病で。強気な態度の裏では拒絶されることを恐れていて。

だから、オレが幸太郎《こうたろう》に勝ってやろうとしたのに。勝って、あいつのことを認めさせてやろうとしたのに。あいつはそんなオレを無理やり横から引きとめた。

けれど、あれはきっとあいつなりのやさしさだったのだろうと思う。

あいつが止めてくれなかったら、オレはズタボロになりながら走り続けるしかなかったから。

あいつはオレが、ふがいない「自分」を認めて、許す、理由になってくれた。

乱暴で、わがままな、だけじゃない。

あいつは、他人に思われているよりずっと繊細で。ずっとやさしい。

そんなあいつの真相を、オレは知っていたはずなのに。まちがえてしまった。

二人で自転車に乗っていた帰り道。あのとき感じた想《おも》いを、オレは素直に自分の気持ちだと信じることができなかった。

運命よりずっと近いところに、オレが大切にするべきものはあったのに。

それだけのことに気づくのに、ずいぶんかかってしまった。

だけどもう、気づいたから。

この気持ちはちゃんとオレのものだと、胸を張って言えるから。

オレはあいつに、こんなオレがいることを、ちゃんと伝えなくちゃいけないんだ。

「…………！」

もみくちゃにされながら走り続けた視界の先で、そしてオレはついに見つける。

夜空に打ち上げられた花火の光の下で翻《ひるがえ》る、鮮やかな向日葵《ひまわり》色の髪を。

「──彩音《あやね》！」

「彩音《あやね》さん」

叫んだオレの声は花火の音にかき消される。

そして、降り注ぐ音の向こうで、オレと同じくあいつの名前を呼ぶ声を、たしかにきいた。

立ちこめた人混みの奥に、彩音《あやね》の肩を抱く幸太郎《こうたろう》の姿があった。

オレはそこに割って入ろうとする。

ところが、背後からだれかの手が伸びてきて、オレのことを引きとめる。

「……ッ！　なんだよ、おまえ⁉」

顔も知らないだれかが、オレを見て親しげな顔で笑いかけてくる。

だれかが口にした「鷲谷《わしや》相馬《そうま》」の名前があっという間に伝播《でんぱ》して、その場にいる大勢の人間がオレのことを取り囲む。

そうしてオレを中心にした「輪」ができあがる。

その輪に行く手を阻《はば》まれて、オレが伸ばした手は、あいつのところまで届かない。

『ひさしぶり』『元気してた？』

『どうしたの？』『たのしいね』

『キレイだね』『幸せだね』

オレをぐるりと囲って群がり話しかけてくる人間たちはみんなヘラヘラとたのしそうに笑いかけていて。まるで同じように笑うことを強いているようだった。

大勢が盛り上がっているこの場にふさわしい仮面を押しつけてきているみたいだった。

オレも今日までこんな顔をしていたのかと思うと、吐き気がした。

「ふっざけんな！　どけよッ！　オレはおまえらなんか知らない！　オレは、おまえらの知ってるオレじゃない！」

どれだけ叫ぼうと、オレの声はだれの耳にも届かない。

振りほどこうともがいても、次から次へと伸びてくる手に行く手を阻《はば》まれる。

まるで、今日まで築いてきた「相馬《そうま》の輪」に、飲み込まれていくようだった。

「――僕のこと、好きかい？」

オレを取り囲む「輪」の向こうから幸太郎《こうたろう》の声がきこえてくる。

いつも鬱陶しいくらいにハキハキと喋《しゃべ》っていた幸太郎《こうたろう》らしくない、どこか後ろ暗さを孕《はら》んだような声だった。

「…………うん」

人間の隙間から、コクリと頷《うなず》く彩音《あやね》の姿が見える。

「なら、ここでキスをしよう」

幸太郎《こうたろう》の指先が彩音《あやね》の顎を持ち上げる。

微《かす》かに開かれた彩音《あやね》の口から細い息がもれる。

それがわかるくらい、近くにいるのに。

あいつらの声はいやというほどこの耳にきこえてくるのに。

オレの声だけが、あいつのところまで届かない。

「目を閉じて」

彩音《あやね》は言われるまま目を閉じる。

そんな彩音《あやね》をまえにして、幸太郎《こうたろう》は薄い笑みを浮かべる。

笑っているのに、その顔はどこか寂しげで。隠しきれていない裏腹を感じさせる。

他人を——自分を騙《だま》すように綻ばせて作った笑みは、可笑《おか》しくもないのに笑おうとしている人間の表情だった。

ありのままで生きてきたはずの幸太郎《こうたろう》が、自分を偽る仮面を被《かぶ》っていた。

「彩音《あやね》さん。わかってると思うけど、僕はキミのことなんてちっとも好きじゃない」

幸太郎《こうたろう》の口から発せられたとは思えないほど冷たい言葉に、オレは愕然《がくぜん》とする。

——好きじゃない。

ハッキリとそう口にしておきながら、幸太郎《こうたろう》は自分から彼女に唇を近づけていく。

「だから、ちゃんと由衣《ゆい》らしくしなよ。由衣《ゆい》ならわざわざ言わなくてもちゃんとキスのときは目を閉じる」

「…………うん」

何度も繰り返し頷《うなず》いて、彩音《あやね》は幸太郎《こうたろう》の頬に手を宛がう。

「そうじゃないだろ」

高圧的な声に、彩音《あやね》が小さな身体《からだ》をビクリと強張《こわば》らせた。

「由衣《ゆい》はそんなふうにふしだらな仕草で情欲を煽《あお》ってきたりしない。キミはただじっとして、僕がすることを受け入れればいいんだ」

由衣《ゆい》はキスをするときに目を閉じたりしないし、むしろ自分から唇を押し当ててくる。

本当の由衣《ゆい》は、そういうやつだ。

幸太郎《こうたろう》が語っているのは、だから、仮面を被《かぶ》った由衣《ゆい》のことだった。

「……はあ……」

失望を乗せたため息が彩音《あやね》の額にかかる。

「……どうして僕が、キミなんかと……」

幸太郎《こうたろう》は胸の中にある鬱屈をぶつけるみたいに彩音《あやね》にキスをしようとする。

「……なんだよ？」

唇が重なる寸前、彩音《あやね》は幸太郎《こうたろう》のことを突き放した。

開かれた彼女の目には、大粒の涙が溜《た》まっていた。

「……わたしが好きな幸太郎《こうたろう》は、こんなふうにだれかを乱暴に扱ったりしない」

小さな身体《からだ》を震わせながら、彩音《あやね》はぎゅっと唇を噛《か》みしめて幸太郎《こうたろう》のことをにらむ。

「……なら、その幸太郎《こうたろう》はもう死んだんじゃないのか？」

淀《よど》んだ目で彩音《あやね》のことを見下ろしながら、幸太郎《こうたろう》はうらぶれた笑みを貼りつけたまま、嘆くように言う。

「僕の人生はすべてうまくいってたんだ。願えばなんでも叶《かな》ったし、手を伸ばせばどんなものだって摑《つか》み取《と》ることができた。だれにも負けず、なにも奪われず。ずっとそのまま、僕は僕の価値を信じて生きていけるはずだったんだ。なのに…………」

「うぐっ……」

彩音《あやね》が着ている浴衣《ゆかた》の襟を摑《つか》み、強引に自分のほうへと引き寄せる幸太郎《こうたろう》。

「キミが……キミたちが妙なことをしたせいで、僕のそばから由衣《ゆい》がいなくなった。由衣《ゆい》は僕にとって最初で最後の恋人になるはずだったのに。キミたちのせいで全部台無しだ。僕の人生は瓦解《がかい》した。喪失を知った僕は、もう僕という人間の価値を——未来を信じられない。だからこれは、僕をそんなふうにした罰なんだよ」

彩音《あやね》の頰を、口を、鼻を、目を、恍惚《こうこつ》とした表情で幸太郎《こうたろう》は撫《な》でていく。

目を閉じながら、幻を愛《め》でるように。

その手を振り払おうとする腕を摑《つか》まれて、彩音《あやね》は身動きを封じられる。

「…………僕と付き合うことになったとき、キミは約束したじゃないか。完璧な百瀬由衣《ももせゆい》になりきるって。なのにどうしてキミはまだ、こんな派手な髪色をしているんだ？　どうして僕に意見なんてするんだ？　どうして素直に僕の愛情を受け止めようとしないんだ？」

鮮やかな向日葵《ひまわり》色の髪に触れた幸太郎《こうたろう》は閉じていた目を開くと、もう片方の手で乱暴に彼女の髪を摑《つか》み上げる。

その手つきは、とても人に触れる仕草ではなかった。

「キミは僕のことが好きなんだろ？　だったらちゃんとキミじゃなくなれよ。僕が好きなのはキミじゃなくて由衣《ゆい》なんだから。はやく完璧な百瀬由衣《ももせゆい》に成り代われよ。もしそれができないなら……わかってるだろ？」

抵抗をやめた彩音《あやね》に、幸太郎《こうたろう》はダメ押しみたいな言葉を浴びせる。

「キミがいつまでも由衣《ゆい》になれないなら、僕が鷲谷相馬《わしやそうま》になって、もう一度由衣《ゆい》を僕のものにしたっていいんだ。そうしたら、彼女はきっともう一度、僕のそばにもどってきてくれる」

「……………それは、ダメだ」

「どうして？」

「……………あいつが、悲しむから」

絞り出すような声で彩音《あやね》はそう言った。

オレの全身から、力が抜け落ちていくようだった。

あいつがどうしてあのとき「きらい」だなんて言ってオレから離れていったのか。その理由が、ようやくわかった。

――だって、突き放したいわけないいんだ。

オレにとってのあいつがそうであるように。あいつにとってのオレもまた、ありのままの自分を認めてくれるたったひとりの相手だったはずなのだから。

本当にオレのことがきらいだったとしても。きらいなくらいで、突き放せるわけがないんだ。十五年も孤独であり続けた人間にとって、自分を認めて、自分らしくいさせてくれる相手がどれだけ貴重で大切な存在かなんて、オレがいちばんよくわかっている。

それは、運命の恋すら凌駕《りょうが》するほどの安息だ。

だからオレは、あいつがオレから離れていった理由が、離れることができた理由が、ずっとわからなかった。

でも、今になって、わかった。

今更になってわかった。

「…………ッ……！」

——あいつは、オレのために身を引いたんだ。

幸太郎《こうたろう》がまた由衣《ゆい》に言い寄ることがないようにと、由衣《ゆい》の代わりをして。あんなにいやがっていた仮面を被《かぶ》って。

オレの「運命の恋」を叶《かな》えるために、あいつは自分の安息を捨てたんだ。

「その気になればいつだって、僕は相馬《そうま》くんになれる。彼でさえ僕になれたんだから、僕が彼になれないわけがない。だけどキミを傷つけたくないから、キミが悲しまないように、僕はこうして偽物《にせもの》の幸福で我慢してるんだ。代用品で間に合わせているんだ。だから、彼を悲しませたくないのなら——それでキミが悲しみたくないのなら——素直に僕のことを受け入れろ」

幸太郎《こうたろう》は彩音《あやね》の髪を引いて強引に顔を上げさせる。

彩音《あやね》は眉をひくつかせながら痛みに耐え、震える唇にぎゅっと力を込めて、精一杯、なんでもないような顔を取り繕おうとする。

幸太郎《こうたろう》のキスを待つ由衣《ゆい》として。上品に、笑おうとしていた。

そんな彩音《あやね》を見て、幸太郎《こうたろう》はもう一度薄く微笑《ほほえ》み、そっと唇を尖《とが》らせる。

「…………好きだよ、由衣《ゆい》」

そして、ポタリと。彩音《あやね》が閉じた目の端から、一滴の涙が流れ落ちた。

オレは屋台にあったリンゴ飴《あめ》を掠《かす》め取《と》り、二人の間に投げつけた。

「──むぐっ⁉」

回転しながら飛んでいったリンゴ飴《あめ》は、幸太郎《こうたろう》の唇を押し広げて口の中へと突き刺さった。

立ち塞がっていた人間の輪に亀裂が生じて、二人の視線がオレへと向けられる。

「……………鷲谷《わしや》………」

オレは輪の奥へと押し入って、幸太郎《こうたろう》の胸ぐらを掴《つか》み上げる。

そしてその頬に、拳をねじ込んだ。

バキリと、口の中でリンゴ飴《あめ》の砕ける音がして、幸太郎《こうたろう》は地面にたおれる。

「──こいつは由衣《ゆい》じゃないッ！　鳩羽《はとば》彩音《あやね》だッ‼」

鳴り続ける花火の音さえ吸い込んで、オレは叫ぶ。

「そんで、おまえはもう幸太郎《こうたろう》なんかじゃない！　怖くて、痛くて、震えてるやつにやさしくしてやることもできないおまえは、薄っぺらい幸太郎《こうたろう》以前の──ただの、クズ野郎だッ！」

「…………僕が……幸太郎《こうたろう》じゃないだって……？」

口の中に残っていたリンゴ飴《あめ》の欠片《かけら》を血と一緒に吐き出して、幸太郎《こうたろう》は笑った。

「由衣《ゆい》を自分のものにして、すっかり僕に成り代わったつもりらしいね。相馬《そうま》くん」

「由衣《ゆい》はだれのものでもない。オレも幸太郎《こうたろう》なんかじゃない。オレは、オレだ！　他のだれでもない、鷲谷相馬《わしやそうま》だ！」

オレはまっすぐ自分の言葉をぶつける。

そんなオレのうしろで、彩音《あやね》が躊躇《ためら》いがちに袖を引く。

「………鷲谷《わしや》。ひとりでこっちにきたら、由衣《ゆい》は………」

振り返ると、彩音《あやね》は心配そうな顔でオレのことを見ていた。

本当に心配されるべきなのは――彼女が心配するべきなのは――彼女自身のはずなのに。

「おい、こら、彩音《あやね》、彩音《あやね》ッ!!」

「………彩音《あやね》さん、だ」

「いいや！　おまえなんか彩音《あやね》だ！　〝さん〟なんかつけてやるもんか！」

「な、なんだと!?　鷲谷《わしや》のくせに！　わたしの気持ちも知らないで！」

「ああ、知らないね！　そんなふうにだれかのことばっか考えて、自分を蔑《ないがし》ろにするようなやつの気持ちなんて！」

「………ッ……わたしは…………おまえが…………ッ！」

ぎゅっと唇を結んで言葉を飲み込もうとする彩音《あやね》に、オレは言う。

「オレがなんだっていうんだよ⁉　おまえにこっそり守ってもらって、それでオレがよろこぶとでも思ってるのか⁉　他人を理由に行動しやがって！　オレのことなんかより、おまえはもっとちゃんと、自分のことを考えろよ！」

「…………ッ！」

「おまえは、今の、こんな！　おまえのことをモノみたいに扱うやつといて、幸せなのかよ⁉　おまえがちゃんと呼ばれたい名前は『由衣《ゆい》』じゃなくて『彩音《あやね》』だっただろ！　鳩羽《はとば》彩音《あやね》として幸せになるために由衣《ゆい》になったんだろ！　なのに、なんでまだ由衣《ゆい》をやってるんだ！」

「それは…………！」

オレは彩音《あやね》の肩を摑《つか》んでその顔を見つめる。

視線を逸《そ》らしてオレを見ようとしない彩音《あやね》のことを、見つめ続ける。

「……………だって……わたしがいたら、おまえの邪魔になる！　おまえはちゃんと本物の由衣《ゆい》と結ばれるべきなんだ！」

「オレにとっての正解がなにかをおまえが決めるな、ばか！」

「わたしが決めないと、おまえはわたしを見限れないだろッ‼」

吐き捨てられた声が、固い地面でバウンドする。

「………一方的に計画から降りようとしたわたしのことを考えて、気遣って、慮《おもんぱか》って、わざわざ家までくるようなやつだ。それが、おまえだ。由衣《ゆい》に告白されて、願ったとおりになって、自分が幸せになれるってわかっていても……わたしが取り残されることに気づいたら、おまえは絶対、わたしのこともなんとかしようとするだろ！　自分の幸せをないがしろにしてでも、わたしをひとりにしないために、わたしと一緒にいようとするだろッ！」

「……だから由衣《ゆい》になることを選んだ。だからこれは自分が望んだ未来だ。そう言いたいのか？」

頷《うなず》く彩音《あやね》に、オレは呆《あき》れる。

「…………ったく」

口にされた言葉におそらくウソはないのだろう。

彩音《あやね》は本当にオレの邪魔になりたくなかったからオレから離れて、オレに見限られるために幸太郎《こうたろう》と付き合うことにしたのだろう。

だけどそれはオレからすれば大きなお世話で、大きなまちがいだ。

だってオレは、彩音《あやね》に離れてほしいと思っていたわけじゃない。

ここにやってきたのは、べつに彩音《あやね》が寂しそうに見えたからじゃない。

「……オレは、おまえがいいんだよ!!　彩音《あやね》!!」

彩音《あやね》の目が大きく見開かれる。

彼女はおどろいたように固まっていた。

そして、ゆっくりと、俯《うつむ》いていた顔が上げられる。

そこでようやく、オレと彩音《あやね》の目が合った。

小さな背でオレを見上げる彩音《あやね》の目には、流しきれていない涙が滲《にじ》んでいた。

「由衣《ゆい》じゃなくて。由衣《ゆい》を真似《まね》てるおまえでもなくて――――鳩羽《はとば》彩音《あやね》。ありのままのおまえがいいんだ」

オレを囲ってできていた人だかり。

その輪の中心で、オレは彩音《あやね》に想《おも》いを伝える。

「おまえじゃなきゃダメなんだよ、彩音《あやね》」

夜空で大輪が開き、強烈な光と影のコントラストがオレたちを浮き立たせる。

ポカンと口を開けた彩音《あやね》の頬が、次第に花火の色と同じ赤に染まっていく。

「…………それは、その…………もしかして、告白なのか？」

「そう思ってくれてかまわない」

「だけど、おまえは、その、えっと、由衣《ゆい》のことが好きだったんだろ？」

「ああ。今でもオレは由衣《ゆい》のことが好きだ」

「うん……だから……………いや、はあ⁉」

意味がわからないと彩音《あやね》はオレのまえで地団太を踏む。

彼女の瞳に溜《た》まっていた涙は、いつのまにかすっこんでいた。

「なんだそれ⁉　意味わからん！　由衣《ゆい》が好きなら由衣《ゆい》のところにいればいいだろ！」

「ああ。そう、由衣《ゆい》にも言われた」

「じゃあなんできたんだ！　ばか！」

「言っただろ。おまえじゃなきゃダメなんだよ」

「ふざけるな！　手当たり次第に女を侍《はべ》らせてハーレムでも作る気か⁉」

「ちがう」

そう、ちがう。

他人がどうこうじゃない。

「オレにとっていちばん好きで、いちばん大事にしたいのは、他のだれでもない、自分自身なんだよ！」

だからこれは告白なんだ。

だれにも向けられていない、自己愛の告白。

オレはオレが好きなオレでいるために、彩音《あやね》と一緒にいたい。

「わがままだってわかってる。でも、どうやらオレはおまえ以外のまえだともう、仮面を被《かぶ》らずにはいられないみたいなんだよ」

「自分」をすり減らしてしまったオレはもう、本心を隠すためのウソや中身のない言葉だってずいぶんと簡単に口にできるようになってしまった。

今ではむしろ、そうじゃない言葉を紡《つむ》いで、心のままに行動するほうが難しい。

オレはオレらしくいるよりも、愛想《あいそ》のいい笑みを浮かべて日々をやり過ごし、求められることに淡々と応えていくことのほうが得意になってしまった。

だけど、そんなふうに生きていたくはないと思ったとき。

胸の奥底に浮かぶのは、決まって彩音《あやね》の姿だった。

「おまえさえそばにいてくれたら、オレはまだ、オレのままでいられる気がするんだ。だれの仮面も被《かぶ》らずに、ありのまま生きて、それで案外、今よりは幸せになれる気がするんだ」

「…………」

「だから、オレが好きなオレでいるためにおまえが必要なんだ。おまえと一緒にいたいんだ。おまえのことが大切なんだ」

他人に成り代わる──そんなバカげた目標を掲げて送ることになった日々ではあるけれど。

彩音《あやね》と一緒にいる時間はちっとも退屈しなくて。他人をにらみつけているしかなかった人生の孤独を、彼女と共有できるようになって。

そんな時間が、すくなくともオレはいやじゃなかった。

だから、もし。彩音《あやね》も本当は同じ気持ちだったのだとしたら。

オレにとっての彩音《あやね》と同じくらいは、彩音《あやね》にとってのオレも必要な存在でいられているのなら。

そうして互いが互いにとっての大切な存在でいることができるなら。

オレたちは、オレたちのままでいても、大丈夫な気がするんだ。

「………オレじゃダメか？　彩音《あやね》」

「………なんで、今になってそんなこと言うんだ？　あの日わたしは、おまえを遠ざけようって決めたのに……がんばって、決めたのに……っ！」

「今になるまで気づけなかったんだよ。ずっと自分を見失ってたから」

あのとき──自転車の上で見つめ合っていたとき──そのまま互いに互いを離さないでいられたなら、オレたちの関係はここまでこじれてはいない。

それでも、きっとまだやり直せる。

オレたちは、オレたちなりの日常を続けていくことができる。

「だからさ。もう、そんな顔するなよ」

「………そんな顔って？」

がんばって覚えたらしい化粧は彩音《あやね》のことをとてもキレイにしていたけれど。

同時に、その顔に浮かんでいるべき本当の感情も見えづらくしていた。

「そんなふうに繕わなくても、おまえはありのままでいていいんだよ。飾らないおまえだって、ちゃんとかわいいところはあるんだから」

オレは彩音《あやね》の目元にそっと指を宛がう。

やがて、その上を温かいものが伝った。

それは、彼女が流すまいとしていた涙だった。

幸太郎《こうたろう》に求められる百瀬由衣《ももせゆい》であり続けるために、ずっと押し殺してきた感情の結晶だった。

「泣きたいくらいつらいことがあったなら、その気持ちを隠したりせず、オレのそばで泣けばいい」

「…………うるさい」

オレの胸に顔を埋めて、彩音《あやね》は呟《つぶや》く。

「…………鷲谷《わしや》のくせに、かっこつけるな、ばか」

「言っただろ。おまえのまえでだけはかっこつけずに済むんだ。だからもし今のオレがかっこよく見えたのだとしたらそれはつまりオレが――」

「うるさい。うざい。キモい。だまってろ。ばか」

オレは彩音《あやね》の頭を撫《な》でる。

求められているからじゃない。

自然と、素直に、そうしたいと思ったから。

「なあ、彩音《あやね》。オレのこと、やっぱりきらいか？」

「キモい」

「……」

「キモいから、当然、きらい」

「…………」

「……きらいだけど、わかったことがひとつ」

「なんだ？」

「おまえがそばにいたら、わたしはありのままでいても、しんどい気持ちにならないっぽい」

「ああ」

「だから、全然、これっぽっちも好きなんかじゃないけど……大切ではある、かも」

「つまり？」

「……今のところ、暫定的に、いちばん大事」

「ああ。オレもだ」

仮面を被《かぶ》ることにすっかり慣れてしまったオレはもう――オレたちはもう――簡単に、抵抗なく、自分ではないだれかになってしまう。

自分自身を取り繕って、可笑《おか》しくもないのに笑ったり、悲しいのに涙も流せない自分になってしまう。

そんなのは、いやだ。

だから、すくなくとも。

互いに互いがいなくても、ちゃんとありのままの自分でいられるようになるまでは。それを幸せに思えるようになるまでは。

今、この瞳に映っている相手が、いちばん大切な相手だ。


――運命の恋ではないけれど、必然の好意ではある。


オレと彩音《あやね》の関係は、たぶんだいたい、そんな感じだ。

「…………おえー。気持ち悪いことを言った」

オレから離れた彩音《あやね》が吐きそうな顔で喉を絞る。

そんないつもどおりの彼女を見て、オレは小さく笑った。

「…………おかしな話だ」

呆《あき》れ果《は》てたような声に目を向けると、幸太郎《こうたろう》が卑屈な顔をして笑っていた。

「相馬《そうま》くん。キミは由衣《ゆい》より……そこにいる彩音《あやね》さんを選んだっていうのかい？」

「ああ。オレにとってはこいつが……こいつだけが、オレをありのままの自分でいさせてくれる相手だから」

「理解に苦しむよ」

「だったらそんなふうに笑うなよ」

オレは膝を立てて項垂《うなだ》れている幸太郎《こうたろう》に言う。

「可笑《おか》しくもないのに笑ってるから自分を見失うんだよ。由衣《ゆい》が好きなんだったら、もう一回ちゃんと本物の由衣《ゆい》に告白したらいいだろ。オレになるんじゃなくて、バカみたいに前向きで、前しか見てない、バカなおまえのままで」

幸太郎《こうたろう》はゆっくりと顔を上げると、自嘲めいた一笑をこぼして額を抱える。

「…………僕は、由衣《ゆい》のメッキしか愛することができなかった。剝き身《み》の彼女は、僕にはすこし、キツすぎたから。本当のところ……だから、相馬《そうま》くんを真似《まね》たところで、僕には由衣《ゆい》をつなぎとめておける自信がない。彼女のすべてを愛せる自分に、なれる気がしない」

「だったらずっとそこで座ってろよ。いつかオレがオレのまま、由衣《ゆい》のすべてをちゃんと愛せるようになってみせるから」

「曲がりなりにもわたしが大切だって語った口でさらっとそういうことを言ってしまえるところとか、やっぱりキモいからきらいだ」

オレのわき腹を彩音《あやね》がグイとつねる。

痛い。肉を千切られている感じがした。

「あーあ、早く運命の相手と出会って、キモくない恋をして、ちゃんと幸せになりたい」

吐き捨てるようにそう呟《つぶや》いて、ごしごしとオレの服で目元を拭ってから、すこし。

彩音《あやね》は幸太郎《こうたろう》のまえで身を屈《かが》めると、愛おしそうに彼の頬を撫《な》でながらその名を呼ぶ。

「……………幸太郎《こうたろう》」

幸太郎《こうたろう》は目を伏せたまま、ぐっと奥歯を噛《か》みしめる。

そして、口にするべき言葉を喉の奥からせり上げる。

「……………わるかった。ごめん。ずっとキミを由衣《ゆい》の代替としか見ようとしなくて」

「……………うん」

彩音《あやね》は小さく頷《うなず》くと、彼の顔を見つめて言った。

「幸太郎《こうたろう》。あの日、消しゴムを拾ってくれてありがとう」

それは彩音《あやね》がずっと言えないでいた感謝の言葉だった。

消しゴムを拾ってもらったくらいのことではお礼を言えなかった彩音《あやね》が、今。

一枚の仮面も被《かぶ》ることなく、ありのままの彩音《あやね》として、幸太郎《こうたろう》に感謝を告げていた。

「あのとき、お礼を言えないわたしを……許してくれた気がしたんだ。自分の名前を呼ばせることで、お礼の代わりにしてくれたんだと思った。幸太郎《こうたろう》はやさしいから、その完璧なやさしさで、わたしの気持ちを余すことなく汲《く》んでくれたんだと思った」

でも、と彩音《あやね》は続ける。

「あれからいろいろ経験して、幸太郎《こうたろう》とすこしの間だけど付き合ってみたりもして、わかった。あれはべつに……ありのままのわたしのことを認めてくれたわけじゃなかったんだよな？」

「……ああ。僕のことを知らないのかと思って。名乗ればちゃんとお礼を言えるようになるのかと思っただけだ。事の大小によって感謝の言葉を渋る人間の気持ちなんて僕にはわからない。命を助けられたときも、消しゴムを拾ってもらったときも、同じ『ありがとう』を言うべきだと僕は思ってる。だから………ありのままのキミのことなんて僕にはさっぱり理解できないし、そんなキミでいいと思ってあげることもできない」

「………うん。ありがとう」

もう一度感謝の言葉を口にして、彩音《あやね》は満たされたような顔で笑みをこぼした。

彼女がなにに対して礼を言ったのか、おそらく幸太郎《こうたろう》が理解することはないだろう。

けれど、オレにはちゃんとわかる。

ずっと、やさしそうな言葉で、態度で、彩音《あやね》の気持ちに寄り添わないままその心に触れていた幸太郎《こうたろう》が、はじめて彼女と向き合って、本当の気持ちを口にした。

だから彩音《あやね》は、それがどんなにひどい答えであったとしても『ありがとう』と伝えるのだ。

彩音《あやね》にとっては——オレにとっても——仮面を被《かぶ》ってやさしくされるより、飾らない本音をぶつけてもらえることのほうがうれしいから。

「——よっと」

晴れやかな顔で彩音《あやね》が立ち上がる。

彼女はルンルンと人だかりの奥に歩いていくと、両手に抱えきれないくらいのリンゴ飴《あめ》を持

ってもどってきた。

そのうちのいくつかをオレに渡すと、彼女はもう一度幸太郎《こうたろう》の前で屈《かが》み、抱えていたうちの一本を彼に差し出す。

「幸太郎《こうたろう》、あーん」

幸太郎《こうたろう》は言われるまま大きく口を開けた。

彩音《あやね》はうれしそうに頬笑んで、開いた口の中にリンゴ飴《あめ》を押し込んだ。

「おら、おら、おら」

「んむ、むぐっ？　むごっ！」

一本、二本、三本、四本、五、六七、八九十――――。

「おらおらおらおらおろあろあろらおおらおろうあああおらあ!!」

「おごっ！　ごぶっ!?　おごご!!　おごふあむぐうぐむむうぐう!?」

まるで生け花のタイムアタックでもしているみたいだった。

見てくれの美しさや風情《ふぜい》は度外視して、ただスピードと勢いだけに任せた生け花式古武術。

必死に飴《あめ》を嚙《か》み砕《くだ》いて飲み込もうとする幸太郎《こうたろう》の顎は、すぐに外れて動かなくなる。

「…………お、おい、彩音《あやね》」

「わたしの純真を弄びやがってッ!!」

バカになった幸太郎《こうたろう》の口に、なおも飴《あめ》を突っ込みながら彩音《あやね》は叫ぶ。

「好きでもないのにやさしくするなッ！　馴《な》れ馴《な》れしく下の名前で呼んでくるな！　軽々しく手なんか握るな！　助けるな！　わたしは……それくらいのことで運命を感じてしまうくらい、イタくてちょろいやつなんだからッ！」

「あむっ⁉　んぐぐっ⁉　ごが、ぐげっぎご、あが⁉」

「やっと、ありのままのわたしを受け入れてくれるやつが現れたと思ったのに！　運命のたったひとりだと思ったのに‼　幸太郎《こうたろう》は……おまえはッ‼　全然まったく、そんなんじゃなかった！　おまえはわたしにとって、運命でもなんでもなかった！」

「おごご！　うぶぐげごがごぐむごが⁉」

「わたしのことなんてなにもわかってないくせに、わかろうともしてないくせに！　わかったふうな顔して『アミーゴ』とか言いやがって！　そもそもなんだ『アミーゴ』って⁉　意味がわからない！　そんな言葉は流行《はや》りもしない！　ダサくて、うるさくて、おまえそのものみたいで！　可憐《かれん》で繊細なわたしとは、なにもかもが合わない！」

手にしていたリンゴ飴《あめ》をすべて幸太郎《こうたろう》の口に突き挿すと、彩音《あやね》はオレに持たせていた飴《あめ》を根こそぎ奪い取る。

そして、完全に口を制圧されて呆然《ぼうぜん》としている幸太郎《こうたろう》に投げつけていく。

「おまえのことなんてきらいだ！　だいっきらいだ‼　横で突っ立ってるキモい男よりきらいだ！　つまり、世界でいちばんきらいだ‼　どうだ、まいったか⁉　悔しいか⁉　ちょっとは切ない気持ちになったか⁉　そんなおまえをわたしはありのまま、おかしいおかしいって笑ってやる！　笑い転げてやる！　だから、こんなわたしのことなんてさっさと忘れて……おまえが本当に好きな相手にでも慰めてもらえ！　そのままふしだらなキスでもして、呼吸困難になって死んじまえ‼　この、天然女たらし地蔵があッ‼」

リンゴ飴《あめ》を全弾放ち終わり、彩音《あやね》は荒くなった息を吐き捨てていく。

打ち上がる花火の音と、周囲の人間のざわめきと、祭囃子《ばやし》と。

あらゆる喧騒《けんそう》が、彼女に恐れをなして腰を引いているようだった。

「────ごらあ‼」

そんな中、群がる人間の「輪」を突き飛ばして、強面《こわもて》の男が押し入ってくる。

似合わないファンシーなエプロンを身につけた男の手には、まだ袋を被《かぶ》せられたままのリンゴ飴《あめ》が握られていた。

どうやら、彩音《あやね》が飴《あめ》をかっさらってきた屋台の店主のようだった。

「逃げるぞ、鷲谷《わしや》」

「はっ？　え、おい⁉　ちょっと！」

彩音《あやね》に手を引かれてオレは走る。

店主の男が追ってこられなくなるところまで。

幸太郎《こうたろう》の姿が見えなくなるところまで。

集まっていただれもが、オレたちのことを見つけられなくなるところまで。

どこまでも、遠くへ。

「──ガハッ！」

履いていた下駄《げた》を飛ばし、裸足《はだし》で縁日を駆けながら、彩音《あやね》はたのしそうに笑っていた。あの、とても品がいいとは言えない笑い方で。

「ガッハッハッハッ！」

さすがに金は払っておいたほうがいいんじゃないかとか。

幸太郎《こうたろう》に振るった暴力を一言くらい謝っておいたほうがいいんじゃないかとか。

走りながら、いろいろと考えていたけれど。

──そうやって心から笑っている彩音《あやね》のことを見ていると、なんだかオレが考えているあれこれなんて、とても些細《ささい》なことのように思えてきた。

「ガハッ！　ガハハッ！　──とわっ⁉」

オレは彩音《あやね》の小さな身体《からだ》を持ち上げて肩車をする。

そして、色づく世界を二人で走り抜けた。

「へんたいめ」

「どこがだよ⁉」

「股の間に後頭部が擦《こす》りつけられている」

「気持ちいいのか？」

「最悪だ。吐きそう」

「そこで吐くのは絶対にやめろよ」

そんなことを言い合っているうちに、オレもいつのまにか笑っていた。

ウソのない、本当の笑顔で。ありのままのオレで、笑うことができていた。

見上げてみると、彩音《あやね》も同じ顔をしていた。


――もしかしたら遠い未来――あるいはびっくりするほど近いうちに、案外あっさり他のだれかが〝ありのままの自分〟ってやつを認めてくれて。そいつといる時間がなにより心地よくなって。オレも彩音《あやね》もそいつのことを今度こそ運命の相手だなんて思ったりして。今日のことなんて簡単に忘れて。そいつを世界でいちばん大切に思う日がくるのかもしれない。

それはそれでいいと思う。

いつかそんな日がくればいいとも思う。

――でも。

――だけど。

――すくなくとも、今だけは。

憎たらしいくらいに、こいつが世界でいちばん近くにいてほしい相手だ。

†

どれくらい、二人でそうして走り続けていただろう。

いつのまにか祭囃子《ばやし》はきこえなくなり、爆音で夜を打ち抜く花火は終わっていた。

「………もう、限界。おもい」

「もがっ⁉」

オレは川辺の芝生に彩音《あやね》のことを振り下ろす。

彩音《あやね》は坂になった芝生の上を大根みたいに転がって、うつ伏せのまま動かなくなった。

人気《ひとけ》のない河原には、静かな夜が訪れていた。

「………やっぱりおまえは最低だ。幸太郎《こうたろう》ならこんなふうにわたしを捨てたりしない」

「捨てずに、ひどい使われ方されてたな」

「…………」

「……彩音《あやね》？」

「………なんできたんだ？」

芝に吸われて消えてしまいそうな声で、彩音《あやね》は言う。

「由衣《ゆい》と、たのしくデートしてたんじゃないのか？」

「ああ」

「キスしてるのも、見た」

「……それについてに、いろいろ言い分もあるんだけどさ」

「やったことがすべてだろ」

「そうだな。それで、オレは由衣《ゆい》を置き去りにしてきちまった」

「やっぱり最低だ。ヤリ逃げ魔人だ」

「自覚はある」

「あのまま由衣《ゆい》と一緒にいれば、おまえは幸せになれたのに」

「言ったはずだぞ。オレにとっての正解をおまえが勝手に決めるなって」

「……」

オレは坂を下りていき、転がっている彩音《あやね》の隣に腰を下ろす。

「顔、上げろよ」

「やだ」

「なんで？」

「流れに任せてキスされる」

「どんな流れだよ、それ」

ゆっくりと顔を上げた彩音《あやね》は、不細工なひょっとこの仮面を被《かぶ》っていた。

「どこで掠《かす》め取《と》ってきたんだ？　そんなもの」

「気づいたら、頭にひっかかってた」

「脱げよ、それ」

「やだ」

夜空に浮かぶ星の光が清流に反射する。

薄く照らされた彩音《あやね》の頬に引かれた一筋の線が光る。

「…………」

お面の下でわずかに浮き出ている彩音《あやね》の喉が震えていた。

星の光を含んだ水滴がそこを伝って、胸元へと流れていく。

オレは、彼女が被《かぶ》っているお面をそっと脱がせた。

「…………うっ……うぅ……！」

彩音《あやね》は、泣いていた。

化粧が崩れた顔は、だから、涙でドロドロになっていた。

隠されていた色濃いクマが現れ出て。とろんと鼻水まで出てきて。

ぐしゃぐしゃの顔で、彩音《あやね》は泣いていた。

「……運命の恋だと、思ったんだ……っ！」

「ああ」

オレは彩音《あやね》の頭を撫《な》でる。

手を動かすと彩音《あやね》の髪は出会ったときのように十六方向に跳ねて、あっという間にボサボサになってしまった。

「理想の相手だって……やっとありのままのわたしを好きになってくれる人と出会えたって……思ったんだ……！」

「ああ」

「……はじめての、恋だった」

「オレもだ」

「……でも、実らなかった……っ！」

相手を美化しすぎて。あるいは、相手が美化されていることに気づけなくて。

オレたちは恋の仕方を誤った。

十五年も生きてきて、はじめての失恋だった。

悲しくて。悔しくて。胸がジリジリと痛んで。

オレだって、泣いてしまいそうだった。

それでも泣かないのは、そばに彩音《あやね》がいるからだ。

かっこつけてるわけじゃない。

ただ、彩音《あやね》がそばにいるだけでオレはすこしだけ〝それだけじゃない〟気持ちになれたから。

その複雑に絡《から》まった感情の奥にある「裏腹」だけは、不思議といやじゃなかったから。

せめて彩音《あやね》が泣きやむまでは、オレは泣くのを後回しにしておこうと思った。

「……ありがとう……鷲谷《わしや》……」

「ああ」

オレは彩音《あやね》のことを抱き寄せる。

だれもいない河原で。だれの目にも触れない場所で。ずっとそうしていた。


――やがて。

水のせせらぎに秋虫の唄が混ざり、遠くで人のざわめきがきこえはじめた頃。

彩音《あやね》はぐしゅぐしゅと鼻水を啜《すす》ってオレから離れる。

そして置かれていたお面を拾い上げて、中から小さなラッピング袋を取り出した。

「手品かよ」

「んっ」

仏頂面《ぶっちょうづら》でオレのほうに袋を突き出してくる彩音《あやね》。

「くれるのか？」

「マラソン大会のとき幸太郎《こうたろう》にあげようと思ってたやつだから。もういらないし」

「またそのパターンかよ」

やれやれと呆《あき》れながら、オレは受け取った袋を開ける。

中身を見て、思わず笑ってしまった。

「………おまえ、誕生日プレゼントにこれ渡そうとしてたのかよ？」

「悪いのか？」

「いや。ただ、やっぱりおまえはおもしろいやつだなって」

オレ赤いリボンで括《くく》られた消しゴムを取り出して、手のひらにのせる。

「………バカにしてる」

「してないよ」

「ホントに？」

「ホントに。おまえにウソなんか吐くかよ、彩音《あやね》」

「じゃあ」

と、彩音《あやね》がオレの手に手を乗せる。

「わたしが消しゴムを落としたら、これからはおまえがそれを拾ってくれるか？」

「なんだよ、それ」

「ホントに」

間の抜けたセリフに反して、彩音《あやね》はとても真面目な顔をしていた。

「……………相馬《そうま》」

たしかめるようにオレの名を呼んで、彩音《あやね》は言う。

「相馬《そうま》。おまえはわたしの消しゴムを拾ってくれるか？　それでわたしが『ありがとう』って言わなくても、それを許してくれるか？」

「言わなくても、ちょっとは思ってくれてるんだろ？　もっと大事なときのために言葉をとっているだけで」

「うん」

「だったら何度だって拾ってやるさ。まあ、めんどくさいって気持ちを隠したりはしないけどな。めんどくさいって言いながら、めんどくさいって顔をして、ため息交じりにおまえが落とした消しゴムを拾ってやるよ。いつでも。どこでも。オレが真っ先に見つけてやる」

「ぜったい？」

「ああ。約束だ」

オレたちは重なった手の小指を絡《から》める。

それは、もしかしたら。

――まだなんでもないオレたちなりの、慣れない愛のたしかめ方だったのかもしれない。

「……………ガハッ！」

オレの答えをきいて、彩音《あやね》がおかしそうに笑った。

そしてオレの手からひょいと消しゴムを取り上げると、それをえいと放り投げた。

「……………は？」

夜空に舞い上がった消しゴムは、オレたちの頭上で一瞬、丸い月と重なって。

──ちゃぽん、と音をたてて、川の中へと落下した。

明るいとはいえ、今は夜。星と月だけが光源だ。

どこに落ちたのかまではわからない。

「じゃあ、よろしく」

「……………え？　なにを？」

「拾ってくれるんだろ？　いつ、どこに落としても」

「今のは『落とした』じゃなくて『投げ捨てた』だろうが！　どう見ても！　それにあれはもうオレの消しゴムだ！」

「あげるなんて言ってない。いらないって言っただけ」

「いらないならいいだろ、もう！」

彩音《あやね》がじいっとオレの顔を見つめてくる。

さっきの言葉はやっぱりウソだったのかと、オレを非難でもするみたいに。

「……………ああ、もう！　わかったよ！　くそっ！」

オレはズボンの裾をまくり上げて川の中へと飛び込んだ。

祭りからの帰路につく恋人たちが土手の上にちらほらと見えた。

夜の川で暴れているオレを見ながらヒソヒソとなにか話していたようだけど。

「――ガハハッ！　ガハハハハ！」

かわいげのない笑い声がうるさくて。

オレにはずっと、あいつの声しかきこえてこなかった。

「まったく！　めんどくさい日々だ！」

やっぱりあいつは運命の相手なんかじゃない。

オレが苦労するのを眺めてたのしそうに笑っているやつが、生涯大切にするべき相手になんてなるわけがない。

だから、あいつは。

きっと、ずっと。

そう。ただの。

――ただの、腐れ縁だ。

僕らなりの運命のはじめかた

夏休みも明け、九月。

またつまらない学校生活が始まった。

「ぶえっくしゅん！」

あの日朝まで消しゴムを探させられていたせいで、オレはしっかり風邪をひいてしまった。

おかげで残りの休みはずっと布団《ふとん》の中で過ごすことになった。

なんとか熱は引いたけれど、くしゃみと鼻水はまだ止まりそうにない。

「…………最悪だ」

「なにが？」

学校。三階。教室。

クラスの連中がわいのわいのと友達ごっこを続けているのを横目に席を立とうとしていたオレのまえに、ひとりの女の子が立っていた。

黒髪。ロング。上目づかい。夏の陽炎《かげろう》も冬の寂寞《じゃくばく》も似合いそうな美少女。

——百瀬《ももせ》由衣《ゆい》。

「帰るの？」

「ああ。放課後に談笑するクラスメイトなんていないしな」

「放課後にならなくても相馬《そうま》くんにそんな相手はいないでしょ」

ゾッとするほど冷たい声と顔で、由衣《ゆい》はオレのことを見下ろす。

「……………真相、隠さなくなったな」

「そんなわたしを好きでいてくれるんでしょ？　相馬《そうま》くんは」

「まあ」

「安心していいよ。わたしがわたしらしくいるのは、相馬《そうま》くんのまえだけだから」

そういって由衣《ゆい》はクルリと身を翻《ひるがえ》すと、由衣《ゆい》のことを呼んでいる級友に手を振った。

あの、だれにでも明るく愛想《あいそ》を振りまく完璧な百瀬《ももせ》由衣《ゆい》の仮面を被《かぶ》って。

「由衣《ゆい》は帰らないのか？」

「相馬《そうま》くんと一緒に帰ってあげようかなと思って」

「……あー、悪い。ちょっと今日はこのあと予定があってさ」

「……ウソ？」

「……もうちょっとオレのことを信じてくれよ」

「だって相馬《そうま》くん。わたしのまえだとありのままの相馬《そうま》くんでいてくれないみたいだし」

「それを言われると痛い」

オレは苦笑いを浮かべる。

べつに可笑《おか》しいことはないけれど、オレはそうやって笑うことで表情を繕うことを覚えてしまった。

一度覚えてしまった顔は――被《かぶ》ってしまった仮面は――やっぱりなかなか手放すことができない。

「でも、ありのままじゃないからウソを吐くってわけでもないんだけどな」

「まあ、いいよ。べつに。だってわたしのまえだとありのままじゃいられなくなるってことは、それだけわたしのこと、意識してくれてるってことだもんね？」

「そう、なるのかな。やっぱり」

「そうだよ。だからしばらくは、カッコつけちゃう相馬《そうま》くんでいてくれていいよ。いつかわたしがその緊張をほぐしきってみせるから」

「………………」

「なに？　胸ばっかり見て」

「いや、胸ばっかりは見てない」

「でも、鼻の下伸びてたよ？」

「……マジで？」

「ちょっとだけね」

由衣《ゆい》はからかうようにオレの眉間を指で寄せたり伸ばしたりする。

「………なんていうかさ、こうやって運命を感じた相手から未《いま》だに気にかけてもらえてるって状況は、客観的に考えてみるとすごく幸せなことなんじゃないかって思うんだよな」

「あたりまえだよ。学校でいちばんの美少女で。頭もよくて。気も利《き》いて。じつは床上手。こんなわたしからのアプローチを無下にするなんて本当にもったいない」

「はやく幸太郎《こうたろう》とよりをもどしたほうがいいんじゃないのか？」

「うわー。わたしに好意を寄せられてる相馬《そうま》くんがそれを言うんだ。ホント最低。とっとと死んだほうがいいんじゃないかな？　このクズは」

由衣《ゆい》が道端でひっくり返っている虫でも見るような目でオレのほうを見てくる。

正直、けっこうゾクゾクした。悪いクセになりそうだった。

もちろん、オレの中にそんな性癖が目覚めつつあることは悟られないように、何食わぬ顔の仮面を被《かぶ》っておくんだけど。

「まあ、そういうことは、だれに言われるまでもなく、わたしが決めるよ」

由衣《ゆい》は窓の下に視線を放る。

グラウンドには以前のように元気にトラックを走っている幸太郎《こうたろう》と、そんな彼を追いかける「幸太郎《こうたろう》の輪」があった。

「――――アミーゴ！」

あいつはあいつで思うところがあったのか、始業式では一部の陰もない晴れやかな顔でスピーチを決めていた。夏の終わりに落ちぶれていたことなんて忘れたみたいに、今までどおりの明るい幸太郎《こうたろう》として振る舞い、周囲を変わらないきらめきで惹《ひ》きつけていた。

ただ、なんでもないような顔をしてはいるけれど、なにもなかったわけじゃない。

「…………」

一方、仮面を被《かぶ》ることを覚えたオレは学校中の人間から好かれて──なんてことはなくて。噂《うわさ》先行。無闇にだれかをにらんだりはしなくなったものの、これまでのイメージが一日やそこらで払拭《ふっしょく》されることはなく。由衣《ゆい》が言うようにクラスの連中には相変わらず避けられて、今までどおりのひとりぼっちだ。

たぶんこれからもしばらくはクラスの中だと由衣《ゆい》くらいしか話しかけてくれるやつは現れないだろう。

そんなふうに、学校ではそれぞれがそれぞれの日常に回帰している。

すくなくとも、表面上は。

幸太郎《こうたろう》も、由衣《ゆい》も、そしてオレも。みんなが仮面を被《かぶ》り続けているようにも思えるし、被《かぶ》っていた仮面がすこしだけ脱げかかっているようにも思える。

あの夏を境にオレたちに生じた変化なんて、結局はそれくらいだ。

「じゃあ、いってくるよ」

「うん。いってらっしゃい」

オレは由衣《ゆい》に見送られて教室を出た。

向かったのは美術室だ。

彩音《あやね》から、呼び出しを受けていた。

風邪で家にこもっていたから、あいつに会うのはあの日以来ということになる。

「会ってする必要がある話、ね」

オレはふやけたリボンに結ばれた消しゴムを手のひらで転がす。

『放課後、美術室で待つ』

そんな果たし状みたいなメッセージが送られてきたのは、一時間ほどまえのこと。

あらたまってなんの用だろうと思いながらオレが廊下を歩いていると。

「――――だらあ!!」

どこかで粗暴な叫び声がした。

女の子の声だった。

バリン、とか、ガシャン、とか。なにかが割れる音も一緒にきこえてくる。

「…………ウソ、だろ?」

オレは恐る恐る美術室の扉に手をかけ、そっとそれを開けていく。

「――――うわっ!?」

同時に飛来したダビデの胸像が扉にぶち当たり、目の前で砕け散った。

「あーんのッ！　ラノベカスがあおらあっ!!」

美術室の真ん中で、向日葵《ひまわり》色の髪をした女がぐるぐる回っていた。

両手に持った金属バットで手当たり次第に展示物を破壊しながら。

「フィクションの扱い方もわかってないくせしやがってッ！」

ブン、と振り上げられた金属バットが弧を描き、またひとつ飾られていたアートを粉砕する。

石像。彫刻。写真。絵画。美術室のあらゆる展示物が叩《たた》き壊《こわ》され、無残な姿に変わっていた。

「なーにが『人生は神ゲー』だ!?　なーにが『月に手を伸ばせ』だ!?　引用でしか自分の主義を語れないがらんどうが！」

もはやこの部屋にまともな形を保っている作品はひとつもない。

それでもまだ足りないと、彼女は十六方向に跳ねた髪をわしゃわしゃしながら曲がった背筋で歩を進め、目についた棚やイスにバットを振り下ろしていた。

「欺瞞《ぎまん》だあぁあっ!!」

ガシャン。バリン。ズタン。グシャン。ボゴン。

きくに堪えない物騒な音が鳴り続ける。

「……………おい、おまえ」

たまらず声をかけると、彼女はピタリと動きを止めた。

それから、数秒の沈黙を経て。

「どっこらせ」とバットを担《かつ》いだ彼女は、ふてぶてしいため息を吐いてからゆっくりとこちらに振り向くのだった。

「……なに？」

「いや、おまえが呼んだんだろ」

「ああ、そうだった」

彩音《あやね》が捨てたバットがカランと机の上でのたうつ。

「なんでまた暴れてんだよ？　美術部のやつ、さすがに怒るぞ？」

「フラれた」

「は？」

唖然《あぜん》とするオレに彩音《あやね》は言った。

「考えたんだ。今度こそ運命の恋を成就《じょうじゅ》させる方法を」

「はあ」

「なにもわたしが変わらなくてもいいんだ。テキトーな相手を見繕って、そいつをわたし好みに育てていけば、いつしかそいつはわたしの運命の相手になるんじゃないかって」

「だから、テキトーな男子を摑《つか》まえて告白してみたと」

彩音《あやね》はガクンと頷《うなず》いてから、大きく首を横に振る。

「なのにあのモブ、付き合った途端調子に乗りやがって。読みたくもないラノベを押しつけてきて、こういうふうに生きるべきだとかなんとか……ああ、思い出しただけで腹が立つ！」

「どれくらい我慢したんだ？」

「二時間前に付き合って、一時間前に『はらぺこあおむし』の角で殴りつけたら、フラれた」

「かわいそうに。アレ、けっこうエッジ効いてるんだぞ」

「わたしには時間がない。だからはやく運命の恋を叶《かな》えないといけないのに」

「もうすぐ死んじまうやつのセリフみたいだ」

「あと三年もしないうちにわたしの青春は死んでしまうんだ！」

「そんな大袈裟《おおげさ》な」

「おまえだって似たようなことを夏休みのまえに言ってたくせに」

「まあな」

オレだって、できることなら今度こそ運命の恋を叶《かな》えたい。

彩音《あやね》みたいな、腐れ縁でつながっているだけの相手じゃなくて。暫定的ないちばんじゃなくて。永遠にいちばん好きだと言える恋人との愛を手にしたい。

「だからまた、わたしは考えたんだ。現代アートを破壊しながら」

「破壊する必要は？」

「想像は破壊から生まれる」

「それ、たぶん字がちがうぞ」

「で、わかった。わたしたちに足りないものがなんなのか」

オレのほうをじっと見つめて、彩音《あやね》は言う。

「目だ」

「目？」

「そう。運命の相手がどんなやつか、正しく見抜く目」

たしかに。オレは由衣《ゆい》の真相を見抜くことができなかった。

彩音《あやね》も、幸太郎《こうたろう》の性格について無駄に難解な解釈をしてしまったせいで、あいつの浅さに気づくことができなかった。

純白か、真っ黒か。本物か、偽物《にせもの》か。

二極化することでしか他人を見ることができなかったから、オレたちは失敗した。

「相手がどんなやつか見抜く目さえ養えば、わたしたちは今度こそ運命の恋をモノにすることができる」

オレは彩音《あやね》がどうしてわざわざオレを呼びつけたのか理解した。

つまりそれがこれからの〝オレたち〟にとっての新しい目標になるというわけだ。

「で、具体的にどうするんだ？」

「好き同士の恋人が二人きりになったとき、なにを話すのか。なにをするのか。なにを思うのか。わたしたちには知らないことが多すぎる」

「だけどそういじけてばかりもいられない」

「だから、知らないことは知っていくべきだ」

「たとえば？」

「わたしたちはだれとも付き合ったことがないくせに、いきなり理想の相手と結ばれようとして失敗した。恋人がどんなものかもよく知らないのにそれになろうとするなんて論理破綻だ」

「そう、かもしれない」

「だから、相馬《そうま》」

彩音《あやね》が床に転がっていたダビデの顔面をオレに渡してくる。

石像から薄く剝がれたダビデの顔は、まるで石の仮面みたいになっている。

「…………なるほど」

オレは石仮面を被《かぶ》る。

視界が石膏《せっこう》で塞がれてなにも見えなくなった。

その面を被《かぶ》ることには、なんの抵抗もなかった。

「――いつか本当に好きなやつと付き合うために、わたしとおまえで恋人になってみよう」

「つまり、他人の仮面を被《かぶ》ろうとした次は、関係性の仮面を被《かぶ》ろうってわけだ」

「そういうこと」

どうやら彩音《あやね》はあくまでもオレのことを利用するつもりらしい。

自分が望む理想の未来を手にするために。

そういうことなら、オレもそうしよう。

いつか運命の相手と付き合うために。

今は、運命でもなんでもないやつと付き合ってみるのも悪くない。

そう思って頷《うなず》こうとすると、石仮面の目がポロポロと崩れて視界が開けた。

「あっ……」

「あっ……」

目の前には、頬を赤くして恥ずかしそうな顔をしている彩音《あやね》がいた。

「…………偽《にせ》の恋人、なんだよな？」

「あ、あたりまえだ、ばか！」

照れるようにそっぽを向く彩音《あやね》は、けっこうかわいかった。

そして〝僕〟たちは、二枚の仮面を隔ててウソっぱちのキスをした。

そんなふうにどこか冗談めかしていないと、今はまだ恥ずかしかったから。

だからいつか、ありのままの自分で恋をして。それを「運命」だったと言えるようになるために。オレたちは。きっと明日も、明後日《あさって》も――――。

――――仮面を被《かぶ》ることで「本当の自分」を知っていく。

――あとがき――

大人になるっていうことはいろんなものをあきらめることだよ。あるいはなにもあきらめないことだよ。

人間の価値は生き様で決まるよ。あるいは死に様で決まるよ。

愛とは自分の中にあるものだよ。あるいは他人との間にあるものだよ。


よく二元論的なものの見方で曖昧なものを定義してみて、自分がどちらにシンパシーを感じるか、という思考実験をやっています。

まあ実際はそう単純に割り切れるものなどほとんどなくて。理知的であろうとするほどハッキリとした答えは出せなくなり、なんとなくわかった気になってなにも答えないまま死んでいくのが現代における健全な態度といえるのかもしれません。

けれど、健全に生きたところで幸せになれるとは限らない。

論理的に正しい答えが、常に自分にとっての最適解であるとは限らない。

なので、僕は「人間の自分」と「作家の自分」を切り分けることで、自分にとっての「核」とするべき信念を――本当の自分探しをしてみることにしたのでした。

人間でいるときの僕が柔和で暫定的なふにゃふにゃ存在であるのに対して、作家でいるときの僕はなるべく強固で頑《かたく》なな存在でありたいと考えています。

自分の中にある、自分の中だけで醸成された正しい答え。それをだれにも曲げられないように。譲らないように。貫き、守り通すモンスター。それが作家でいるときの「僕」です。

そのうえで。どちらの生き方が正しいかという話ではなく、あくまでどう在りたいかということでしかないのですが。

僕はいつか、他人に影響されることで生き様を変質させ、変わり続けた先にいる「自分」こそが本当の自分だと言えるようになればいいなと思っています。

ただ、そんな理想を掲げているとたくさん寝首をかかれて未来が閉ざされてしまいかねないということも学んでいます。

なので、自分の中にあるこの弱さや甘えを晒《さら》しても人生に大ダメージを負わないようになるまでは、まだしばらく無敵で孤独なモンスターとして小説を書いていくつもりです。

とはいえ、なかなか使い分けるのもむずかしいんですけどね。

作家として振る舞っているつもりでいても、ふとした拍子に人間性が顔を出して、尖《とが》るべき部分を丸めてしまったりして。あ、でも、この作品に関してはちゃんとモンスターとして書ききることができたように思います。僕なりの青春ラブコメがみんなに刺さるとうれしいです！

零真似《ぜろまに》

◉零真似著作リスト

「がらんどうイミテーションラヴァーズ」（電撃文庫）

本書に対するご意見、ご感想をお寄せください。

ファンレターあて先
〒102-8177　東京都千代田区富士見2-13-3
電撃文庫編集部
「零真似先生」係
「むっしゅ先生」係

本書は書き下ろしです。

電撃文庫

がらんどうイミテーションラヴァーズ

零真似《ぜろまに》

2024年10月10日　初版発行

発行者　山下直久
発行　株式会社KADOKAWA
〒102-8177　東京都千代田区富士見2-13-3
0570-002-301（ナビダイヤル）
装丁者　荻窪裕司（META＋MANIERA）
印刷　株式会社暁印刷
製本　株式会社暁印刷

ISBN978-4-04-915795-6　C0193　Printed in Japan

電撃文庫　https://dengekibunko.jp/